LA GESTE DES SANADA

Inoué Yasushi

LA GESTE DES SANADA

NOUVELLES

Traduites du japonais par René Sieffert

Éditions Points

TEXTE INTÉGRAL

ISBN 978-2-7578-2706-2

LA GESTE DES SANADA

LE SUICIDE D'UNNO NOTO-NO-KAMI

À l'automne de l'an sept de Tenshô (1579), Unno Noto-no-kami Masakagé, vassal d'Oyamada Nobushigé, l'un des généraux du clan des Takéda, décida de quitter le service et de se laisser aller au gré des vagues.

Unno Masakagé était alors dans sa soixante-douzième année ; sa longue carcasse de près de six pieds surprenait par sa maigreur, et les taches brunâtres qui parsemaient tout son corps ne lui permettaient certes plus de dissimuler les ombres de la vieillesse, mais le regard perçant, le grand nez en bec d'aigle, la bouche volontaire qui barrait le visage, trahissaient un esprit délié et intrépide qui en eût remontré à plus d'un homme dans la force de l'âge.

Sa valeur était, depuis les temps de Hosshôin Shingen, reconnue par toute l'armée des Takéda, et aussi parmi la troupe des provinces lointaines d'Echigo ou de Tôtomi. Il tirait du grand arc, il savait dompter un cheval rétif, il possédait à fond les principes de la stratégie selon l'école Shinpu et la force de son bras valait, disait-on, celle de cent hommes. Aujourd'hui encore, alors qu'il venait de franchir le cap de la soixante-dixième année, son fier maintien ne donnait pas le moindre signe de décrépitude ; bien au contraire, lui qui avait pris part sous Shingen et sous Katsuyori à d'innombrables batailles auxquelles il avait survécu jusqu'à ce jour, il se distinguait plus que jamais par ses chevauchées au beau milieu de la mêlée, et par sa formidable témérité.

Ce fameux Unno Noto-no-kami Masakagé, donc, avait soudain assemblé sa trentaine de familiers et féaux, dans son logis sis dans un coin du quartier des *samuraï* de l'ancienne capitale de la province, et leur avait annoncé qu'il renonçait désormais à vivre de la pension que lui servaient les Takéda, pour retourner dans son village de montagne du canton d'Azuma en Kôzuké, où il se ferait paysan, et que, par conséquent, chacun était libre de vivre comme il l'entendrait. Pour tous ces braves gens, ce discours fut comme de l'eau froide dans l'oreille d'un dormeur.

– Me permettez-vous de vous reposer une question ?

Le premier à ouvrir la bouche avait été son fils Nakatsukasa-no-suké Yukitsugu.

– La décision que vous venez de prendre, quelle en est la raison ?

Yukitsugu avait pris soin de poser la question de façon à ne pas indisposer son père.

– De raison, il n'en est point ! Toi et les gens de la famille, vous ferez comme moi !

Le ton était sans réplique.

– Entendu ! Puisque vous l'ordonnez, mon père, je vous suivrai où que ce soit. Cependant, la chose est si soudaine que les femmes et les enfants en seront, je le crains, tout remués. Si c'était possible, mon père, les motifs qui vous ont inspiré…

– Les motifs ? Il n'y a pas de motifs qui vaille qu'on en parle. À la rigueur, disons que faire du service d'un seigneur le but de ma vie m'a soudain paru stupide. Sous les ordres du sire du Hosshôin, puis de messire Shirô Katsuyori, j'ai bataillé toute ma vie, du matin au soir, et j'ai accompli sans compter exploits et prouesses, mais à l'âge que j'ai, on ne m'a encore confié la garde fût-ce du moindre castelet. N'est-ce pas à vous dégoûter ?

Le discours de Noto-no-kami s'était achevé en un grondement.

– Demain, nous partons à l'aube !

– Oui !

– Tu es d'accord, je suppose ?

Et sans laisser à son fils le temps de dire ni oui, ni non, il ajouta :

– Dans ce cas, prépare-toi !

Il n'était pas homme à admettre la contradiction, et le fils, tout compte fait, n'était pas sans comprendre les sentiments qui avaient poussé son père Noto-no-kami à rejeter l'état de guerrier.

Les Takéda, de génération en génération, s'étaient toujours confortés de leur parentèle. Eussiez-vous accompli les prouesses les plus extraordinaires, eussiez-vous acquis la plus haute réputation de vaillance ou de sagesse, qu'il ne vous était guère permis d'espérer un commandement de quelque importance. Passe encore si vous étiez vassal de père en fils du clan Takéda, mais Unno Noto-no-kami était originaire d'une autre province ; de plus, il avait été engagé comme simple soldat par Oyamada Nobushigé, bref, il était un guerrier sorti du rang. Son titre même de Noto-no-kami n'était qu'une appellation de fantaisie qu'il s'était fabriquée lui-même ; puisque personne n'avait songé à lui attribuer la moindre distinction, il s'en était attribué une de sa façon. Et si l'habitude s'était instaurée de le nommer ainsi, sa brutalité et son extraordinaire obstination n'y avaient pas peu contribué. C'est ainsi qu'il en était venu à bénéficier insensiblement d'un traitement particulier dans la maison des Takéda.

Son fils Yukitsugu, qui avait à peine dépassé la quarantaine, eût certes pu encore placer des espoirs dans le métier des armes, mais depuis la mort de Shingen, il était de plus en plus clair que le destin des Takéda était sur la mauvaise pente. À la bataille de Nagashino, bon nombre des grands vassaux et des plus anciens avaient péri, et Katsuyori, comme si un mauvais sort l'eût poursuivi, bataillait jour après jour contre l'armée des Tokugawa. De cela le peuple était fatigué, et les esprits étaient en révolte.

Le lendemain matin, les Unno, père et fils, quittaient l'ancienne capitale de la province, et leur retraite ne manquait pas de panache.

Noto-no-kami Masakagé et Nakatsukasa-no-suké étaient en armes, la longue lance au poing. Suivaient l'épouse de Yukitsugu avec leurs trois filles de huit, six et deux ans et leur servante, soit sept personnes au total. Au pied du château de l'ancienne capitale, c'était le grand branle-bas de l'armée qui se préparait à partir en campagne en Suruga, mais le cortège de Noto-no-kami passa, imperturbable, par le beau milieu de la foule des soldats.

La petite troupe, avec toutes ces femmes, offrait certes un spectacle insolite, mais personne ne soupçonna qu'ils abandonnaient le château sans esprit de retour. Les soldats s'empressaient de dégager le chemin devant l'illustre briscard.

Le lieu de naissance d'Unno Noto-no-kami était un petit hameau du nom de Hanéo, au canton d'Azuma, dans la province de Kôzuké. Noto-no-kami était issu d'une maison de *samuraï* qui depuis plusieurs générations demeurait dans ce hameau. Son père, surnommé le Religieux de Hanéo, avait été l'homme le plus influent de ces parages ; Noto-no-kami était son troisième fils. Passant outre à l'opposition de son père et de ses frères, il était, dans sa vingtième année, parti de son village natal dont à présent, cinquante ans plus tard, il foulait à nouveau le sol, mais presque tous ceux de sa parenté étaient morts, et les visages des villageois lui étaient totalement inconnus. Les villageois, par contre, étaient informés sur son compte. Le bruit de ses exploits s'était, en effet, répandu dans toute cette région.

Unno et son fils louèrent un bâtiment du monastère abandonné de Hanéo, et s'y installèrent tout d'abord. Les gens des villages voisins venaient de toutes parts pour voir le fameux Unno Noto-no-kami. Du matin au soir, un certain nombre d'hommes et de femmes de la campagne traînaient autour du bâtiment, et trois fois par jour, l'un ou l'autre des villageois apportait le repas.

Noto-no-kami restait assis toute la journée sur le promenoir qui donnait sur le jardin intérieur, où nul œil indiscret ne pénétrait. Le jour, il contemplait les bambous et les buissons qui s'agitaient au vent, et le soir venu, il suivait des yeux les blancs nuages qui flottaient dans le ciel limpide de l'hiver ; la nuit enfin, il exposait son corps, les yeux fermés, au clair de lune qui ruisselait sur le jardin.

Noto-no-kami se disait que c'était de cette façon, décidément, que les hommes devraient vivre. Là, pas de vacarme de tambours, pas d'armées de Tokugawa ni de Takéda. Dans cet endroit à l'abri des hideux massacres, Noto-no-kami connut dix jours de paix.

Le onzième jour se présentèrent trois envoyés de Saïtô Settsu-no-kami, bailli du château d'Iwabishi, sis à trois lieues de Hanéo. Le château d'Iwabishi appartenait à Uésugi Kagékatsu d'Echigo, et Saïtô Settsu-no-kami était un capitaine que ce dernier y avait installé.

Le clan des Takéda et celui des Uésugi s'étaient, de longues années durant, tantôt battus, tantôt entendus, mais depuis le printemps dernier, depuis que Katsuyori s'était immiscé dans une querelle de succession de la maison des Uésugi pour soutenir les prétentions de Kagékatsu, et qu'il avait donné en mariage à ce dernier sa sœur cadette, dame Kiku, ces deux seigneurs pour l'heure étaient amis et se donnaient en quelque sorte la main pour unir leurs forces.

Les messagers de Saïtô Settsu-no-kami saluèrent bien bas.

– Nous vous avons préparé un logis au château d'Iwabishi et nous vous prions de bien vouloir vous y transporter ! disaient-ils.

– Je n'ai pas la moindre envie de me mettre au service des Uésugi. J'ai eu plus que ma part du métier des armes !

La réponse de Noto-no-kami était dépourvue d'aménité, mais les messagers ne se laissaient pas si facilement rebuter.

– Puisque vous avez lâché les Takéda, nous comprenons parfaitement que vous ne soyez pas d'humeur à reprendre du service chez les Uésugi. La seule chose que nous souhaitons à cette heure, c'est de vous traiter en hôte de marque au château d'Iwabishi. Nous voudrions vous offrir le gîte et le couvert pour vous et les vôtres.

– Quand j'en aurai assez, je pourrai donc à tout moment me retirer ?

– Tout à votre guise !

– Je ne baisserai la tête devant personne ! Et quand bien même messire Uésugi Kagékatsu s'y présenterait, Noto-no-kami ne s'inclinera pas !

– Cela va de soi !

– Mais alors, dans quel dessein m'invite-t-on ?

– Il suffit que le bruit se répande que messire Noto-no-kami y a élu domicile, et nul ennemi n'osera se frotter au château d'Iwabishi.

– Soit donc, si ce n'est que cela, nous y allons !

Noto-no-kami avait fini par accepter. Jamais jusque-là, songeait-il, on n'avait attaché autant de prix à sa valeur guerrière. La sensation n'était pas désagréable.

Le lendemain, Noto-no-kami et son fils allaient s'installer avec femme et enfants au château d'Iwabishi. Comme on le lui avait promis, ils furent traités avec tous les égards. Il se fit prêter un bout du champ de course à l'intérieur de l'enceinte, et décida que tous les membres de la famille contribueraient à le cultiver. Comme il n'avait pas à se soucier de leur entretien, il pouvait jouer au paysan tout à loisir.

Un mois s'était passé. La septième année de Tenshô (1579), année sanglante s'il en fut, touchait à sa fin ;

elle en était à son dernier jour, quand soudain la plus jeune des filles de Yukitsugu, âgée de deux ans, fut prise d'une fièvre violente et mourut avant qu'on ait pu la soigner. Le père et la mère en furent affectés, certes, mais celui qui en ressentit le choc avec le plus d'intensité fut Noto-no-kami qui chérissait cette enfant plus que tout au monde.

On avait décidé de faire porter par un domestique, cette nuit même, le corps de la fillette jusqu'au monastère qui se trouvait à l'extérieur du château, mais le pin du nouvel an était dressé devant le portail et le portier, estimant que ce serait de mauvais augure, refusa de laisser passer le cadavre. Le domestique revint donc au logis avec le petit cercueil.

Quand il sut cela, Noto-no-kami fut pris de rage. Prenant dans ses bras le corps de l'enfant enveloppé dans ses robes, il s'en fut sur-le-champ au portail ; il jeta sur le pin de la porte un regard irrité.

– À cause de ce pin, tu prétends barrer le chemin à ma petite-fille ? Voilà un pin bien importun ! Des pins comme celui-là, mieux vaut qu'il n'y en ait point ! clama-t-il, et d'arracher l'arbre, qu'il brisa en petits morceaux et jeta à terre.

Aux appels du portier, les hommes d'armes de garde accoururent nombreux, mais tous redoutaient la force de Noto-no-kami, si bien que nul n'osait l'approcher.

Le lendemain était le premier jour de l'an huit de Tenshô (1580). Noto-no-kami, le visage renfrogné, refusait de faire un pas hors du logis. Yukitsugu avait beau lui répéter que la faute incombait au portier et que Settsu-no-kami, le bailli du château, n'y était pour rien, qu'il fallait donc aller au moins lui présenter ses vœux pour l'année nouvelle, Noto-no-kami refusait obstinément de se rendre à ses arguments.

Au matin du deux enfin, Yukitsugu parvint à convaincre son père et tous deux se rendirent au château. Settsu-no-kami aussitôt offrit le *saké* aux Unno, père et fils.

Ils avaient échangé deux ou trois coupes, quand Noto-no-kami soudain dit :

– Hier au soir, j'ai acquis un sabre précieux. Je vais vous le faire voir !

Et au même instant, il dégainait l'arme qu'il portait à la ceinture ; la lame s'abattit en frôlant la joue de Settsu-no-kami pour s'arrêter sur l'épaule de ce dernier.

Le visage de Settsu-no-kami était blême comme un linge.

– En effet, c'est une arme splendide ! Faites-la donc voir aussi à tous ces gens qui sont là ! dit-il, mais le sabre resta un bon moment posé sur son épaule.

Settsu-no-kami s'était mis à trembler de tout son corps. Il y avait là, assis en rang, une trentaine de ses hommes, mais aucun n'osait intervenir.

Noto-no-kami remit le sabre au fourreau, les yeux toujours rivés sur le visage de Settsu-no-kami. Ce dernier, évitant soigneusement de heurter son adversaire, bafouilla deux ou trois mots, se leva posément et rentra dans ses appartements pour ne plus revenir.

Noto-no-kami, maintenant, promenait son regard sur les hommes assis en rang, en s'arrêtant à chacun, mais pas un ne faisait mine de relever le défi.

Là-dessus, le bout de la rangée commença à s'agiter, certains se levaient, d'autres s'avançaient vers lui, enfin tout le monde fut debout.

– Tenez-vous tranquilles et allez-vous-en ! gronda Noto-no-kami.

Complotaient-ils de l'attaquer ? Enfin, l'un des hommes s'enhardit :

– Monseigneur, Monseigneur… ! dit-il.

– Quoi, Monseigneur ?

– Monseigneur vient de partir pour Echigo !

– Quoi, il est parti pour Echigo ?

Saïtô Settsu-no-kami, épouvanté par la fureur de Noto-no-kami, s'était enfui, abandonnant le château.

Noto-no-kami n'avait, de sa vie, jamais éprouvé pareille surprise. Dans le château sans maître, lui-même et son fils Yukitsugu se trouvaient assis à la première place.

– Que tous les hommes de la garnison du château se rassemblent en bon ordre et au grand complet sur la place d'armes ! ordonna-t-il, et il se leva.

Puis il invita Yukitsugu à le suivre, et se dirigea vers le couloir qui ouvrait sur la vaste cour.

Noto-no-kami, furieux de n'avoir pu devenir le maître d'un château, avait quitté le service des Takéda, et voici que tout à fait à l'improviste, un château, un petit certes, mais un château tout de même, lui était tombé entre les mains sans qu'une goutte de sang fût versée.

Noto-no-kami toutefois, qui avait quitté les Takéda sans demander leur avis, n'avait aucune envie, maintenant qu'il avait un château, de rallier de nouveau leur camp, et il ne pensait d'ailleurs pas que ce fût possible.

Il dépêcha donc un messager à Sanada Masayuki, lequel, encore qu'il se trouvât dans le camp des Takéda et qu'il appartînt à leur clan, n'en avait pas pour autant avec eux des relations de vassal à seigneur.

« Ces jours-ci, sans que je m'y sois attendu le moins du monde, j'ai mis la main sur ce château. Que diriez-vous si je vous en faisais hommage ? Comme j'en suis devenu le châtelain inopinément, des soulèvements se sont produits dans le fief. Je me permets donc de suggérer que vous fassiez une chevauchée au plus tôt, afin de réprimer les émeutes et de prendre possession du château. »

Telle était la teneur de la missive qu'il avait confiée à son messager. Des soulèvements s'étaient effectivement produits dans le fief. La fuite soudaine du châtelain, et l'avènement d'un nouveau seigneur tombé du ciel, avaient créé une situation favorable à l'éclosion de ruffians de toute espèce, qui exerçaient violences et exactions au grand dam du bon peuple.

Face à cet état des choses, Noto-no-kami ne savait comment s'y prendre. Tant qu'il se trouvait au château, il ne risquait pas grand-chose, mais il n'avait pas les moyens d'apaiser les troubles survenus au-dehors. Les hommes de guerre de la garnison étaient à présent sous ses ordres, mais il ne pensait pas être assez puissant pour les faire mouvoir. Car jusqu'à la veille au soir, ils n'avaient pas été ses hommes liges. Il n'était pas du tout certain qu'ils ne feraient pas la sourde oreille.

Le cinquième jour, un courrier exprès lui apporta une lettre de Masayuki. Voici quel en était le libellé :

« Ce n'est pas d'aujourd'hui que datent vos premiers exploits. Votre offre de me faire hommage du château d'Iwabishi en Azuma me flatte et m'honore. Si telle est véritablement votre intention, je vous prie de tenir le château en mon nom et de garder en paix et sûreté le peuple et les paysans. »

La missive témoignait d'une extrême circonspection. On pouvait comprendre que c'était une invitation à rétablir l'ordre d'abord et à remettre le château ensuite, mais ce pouvait être tout aussi bien une acceptation assortie d'une désignation en qualité de bailli.

Sanada Masayuki était un capitaine de trente-quatre ans. Noto-no-kami se dit qu'en dépit de sa jeunesse, c'était un homme de grande valeur. On lui offrait un château, et au lieu d'accourir sur l'heure en manifestant sa joie, il n'avait songé qu'à la meilleure manière de manœuvrer un vieux briscard de soixante-douze ans.

Noto-no-kami n'avait plus, bon gré mal gré, qu'à obtempérer et à réprimer les émeutes. Que cela lui plût ou non, c'était comme une mission à lui impartie par le ciel.

En trois mois, la paix fut rétablie. Noto-no-kami était désormais, en nom comme en fait, le châtelain d'Iwabishi en Kôzuké.

Vers la fin de la huitième lune de l'an huit de Tenshô (1580), Noto-no-kami était allé accueillir, dans l'allée de cerisiers à l'extérieur du château, Sanada Masayuki, lequel avec son armée avait franchi le col du Torii, et marchait vers l'est par la route de Nagano.

Ce n'était pas sans plaisir que Noto-no-kami, pour la première fois depuis longtemps, revoyait la bannière à l'emblème des six deniers.

– Je vous sais gré de la peine que vous avez prise pour m'accueillir. Monseigneur Katsuyori vient de m'accorder le château de Numata dans le canton de Toné, et je vais de ce pas en prendre possession, dit-il.

– Numata est un château qui appartient aux Uésugi. Croyez-vous que le châtelain, Numata Heihachirô, en sera d'accord ? dit Noto-no-kami.

– C'est une affaire conclue d'un commun accord entre Uésugi Kagékatsu et Monseigneur Katsuyori ; je pense donc qu'il ne fera pas de difficultés. Et si par hasard il en soulevait, je me verrais contraint d'user de la force.

Voilà ce que dit Masayuki, et il ajouta en riant :

– Quand j'aurai pris le château, comme il est sensiblement plus grand que celui-ci, accepteriez-vous d'en assurer la garde ?

Entre les deux châteaux, Numata et Iwabishi, que ce fût pour leurs dimensions, que ce fût pour leur valeur stratégique, il n'y avait aucune commune mesure. Noto-no-kami avait donc pris pour une plaisanterie de circonstance le discours de Masayuki, lequel, pour un chef de guerre, s'exprimait avec une rare courtoisie.

Or deux mois plus tard, il s'avéra qu'il avait parlé sérieusement. Sanada Masayuki avait chassé Numata Heihachirô et s'était emparé du château de Numata par la force des armes ; après quoi il repartit pour Uéda et, sur le chemin du retour, il s'arrêta à Iwabishi.

– À présent les gens de ce fief vaquent à leurs affaires en toute quiétude. Personne n'y songe plus à se révolter. Je souhaiterais donc que vous alliez vous installer au château de Numata, mais vous-même, êtes-vous prêt à l'accepter ? dit-il.

Noto-no-kami s'empressa d'acquiescer. Le château de Numata était un élément essentiel de la défense avancée du parti des Takéda, et pour lui, en devenir le bailli était une promotion tout à fait inespérée. Il avait pris la ferme résolution d'abandonner le métier des armes pour retourner à son village, et voici que, moins d'un an plus tard, le destin l'avait replacé au beau milieu de la bagarre.

Devenu châtelain de Numata, Noto-no-kami avait senti comme un sang neuf se répandre à travers son corps qui avait peu à peu subi les atteintes de l'âge. Sa peau avait repris de l'éclat et ses yeux, de temps à autre, jetaient d'étranges éclairs bleus.

Un jour, Noto-no-kami consulta son fils Yukitsugu :

– Au château d'Iwabishi, il y a maintenant un autre bailli, mais ce château-là, c'est moi qui l'ai naguère acquis à la force de mon seul poing. J'ai bien envie de demander à Sanada qu'il me le rende, qu'en penses-tu ?

– Du château d'Iwabishi, il vous a transféré à celui de Numata, et j'estime, quant à moi, qu'il importe que, pour le moment, vous sachiez vous en contenter. Si, en plus, vous réclamez Iwabishi, messire Sanada Masayuki pourrait s'en offusquer, dit Yukitsugu.

– Si je dois craindre d'offusquer Sanada Masayuki, je ne pourrai plus rien entreprendre. Je ne suis pas un vassal de Masayuki. Il n'a jamais été question d'autre chose entre nous que de garder Numata en qualité de bailli. Je n'ai pas souvenir d'avoir fait le moindre serment d'allégeance à Masayuki.

Voyant les éclairs que lançaient les yeux de son père, Yukitsugu dit :

– Soit donc, faites comme vous l'entendez ! J'aurais

beau dire, vous n'êtes pas homme, mon père, à vous laisser arrêter par mes discours.

Yukitsugu savait par expérience que, quand Noto-no-kami s'était prononcé, rien ni personne ne pouvait le faire revenir sur sa décision.

Celle-ci prise, Noto-no-kami était incapable de différer d'une heure son exécution. Il envoya donc sur-le-champ un courrier à Masayuki, porteur d'une lettre le priant en substance de lui rendre le château d'Iwabishi.

La réponse de Masayuki fut pour dire qu'Iwabishi étant le lieu de ses prouesses, il le lui rendait bien volontiers.

Et c'est ainsi que Noto-no-kami réussit à devenir le maître des deux châteaux de Numata et d'Iwabishi. La chose s'était faite si simplement qu'il croyait rêver. S'il n'était que le bailli de Numata, il apparaissait par contre comme le possesseur légitime d'Iwabishi.

Unno Noto-no-kami ne resta le maître de deux châteaux en Kôzuké que pour un temps très court. Comme il était devenu le bailli de Numata au début de la septième lune, et qu'il était rentré en possession d'Iwabishi vers le milieu de la huitième, le rêve de sa vie, qui s'était de la sorte réalisé, ne devait durer que deux mois à peine.

Vers le milieu de la dixième lune, en effet, se présentait un messager de Sanada Masayuki, porteur d'une missive qui l'avisait que, selon certains renseignements, Hôjô avait des visées sur Numata, que par conséquent il convenait de ne pas abaisser la garde, et que, par mesure de précaution, il envoyait en renfort Sanada Oki-no-kami.

L'armée de Sanada Oki-no-kami arriva au château de Numata à la nuit du vingt-deux de la dixième lune.

Noto-no-kami fit entrer Sanada Oki-no-kami dans l'intérieur du château, et lui-même se transporta dans la seconde enceinte. Comme Oki-no-kami était le frère cadet de Masayuki, c'était là, dans l'esprit de Noto-no-kami, la plus grande marque de déférence qu'il pouvait lui donner.

Une grande agitation régnait dans le château ; de toutes parts l'on allumait des brasiers, l'on entendait hennir les chevaux.

– L'armée d'Oki-no-kami est venue nous soutenir, paraît-il, or déjà ils sont en train de se préparer ostensiblement pour la bataille ; il se passe quelque chose de bizarre, dit Yukitsugu à son père.

– Balivernes ! dit celui-ci en riant, et il ne voulut rien savoir.

Comme Yukitsugu toutefois n'était pas tranquille, il envoya au château un guerrier du nom de Yamané pour voir ce qui se passait. Le temps s'écoulait, et Yamané ne revenait plus. On envoya encore un certain Tomizawa. Mais Tomizawa ne revenait pas davantage. Pour la première fois, un léger doute germa dans l'esprit de Noto-no-kami. Le troisième messager fut un jeune guerrier, nommé Yasunaka Kagéyu.

– Des deux premiers, aucun n'est revenu. Vas-y avec prudence !

L'ayant ainsi mis en garde, Noto-no-kami l'envoya au château.

Yasunaka Kagéyu s'en fut, suivi d'un page, mais à l'entrée du pont qui franchissait le fossé entre la seconde enceinte et le château, il fut assailli par une vingtaine d'hommes d'armes. Kagéyu tomba du pont et se sauva en suivant le fossé.

Le page, épouvanté, était revenu en courant, et comme il relatait cet incident dans la seconde enceinte, Noto-no-kami et son fils surent cette fois que l'armée d'Oki-no-kami était venue pour les frapper. Yukitsugu avait pâli, mais Noto-no-kami ne se troubla pas le moins du monde.

– C'est comme cela qu'on se prend et qu'on se reprend les châteaux. Jusqu'à présent cela s'est toujours fait de la sorte. Dommage que je ne sache ce que Masayuki a réellement en tête, mais ce n'est plus le lieu d'en discuter. Quoi qu'il en soit, d'être soupçonné quand je n'ai pas la moindre velléité de révolte, c'est un coup du sort. À cette heure, si tel avait été mon dessein, et quand bien même ce château serait encerclé par un million d'hommes, je saurais me tailler sans peine un chemin au travers. À présent toutefois, je ne puis m'y résoudre. Toi, tu peux, pour ta femme et tes enfants, aller au château et dissiper le malentendu. Moi, je m'en irai tout seul et je disparaîtrai, dit-il.

Yukitsugu alors dit :

– Mon épouse est la fille de Yazawa Yoritsuna, qui est allié aux Sanada. Je suis persuadé qu'on ne fera de mal ni à elle, ni aux enfants. Je vais donc tenter avec vous, mon père, de rompre l'encerclement du château, et nous battrons en retraite s'il est possible de le faire.

Or cependant qu'ils discutaient ainsi, le tumulte dans le château grandissait d'instant en instant. Il semblait que l'armée d'Oki-no-kami était en train d'investir la seconde enceinte. L'ennui en la circonstance, pour Noto-no-kami, était que la garnison de ce château de Numata était tout entière constituée de gens qui avaient appartenu aux troupes de Sanada.

Noto-no-kami fit donc savoir qu'il demandait à ceux-là seuls qui voudraient partager son sort, de se rassembler sur la place d'armes, et ordonna aux autres de se disperser hors le château. Une cinquantaine d'hommes se regroupèrent sur la place, et voici ce que leur dit Noto-no-kami :

– Je vais à cette heure quitter le château, mais à partir de maintenant, évitez de croiser le fer avec l'ennemi. Contentez-vous de vous débarrasser de ceux qui vous attaqueraient. Moi, je sortirai en tête. D'homme capable de se mesurer à moi sabre au poing, il n'y en a qu'un seul dans ce château, un certain Kiuchi Hachiémon, les autres ne comptent pas.

Insensiblement la nuit s'éclairait et l'air frisquet du petit matin d'automne s'insinuait dans la seconde enceinte et le château.

À l'instant qu'ils se disposaient à faire une sortie, la femme et les deux filles de Yukitsugu coururent derrière eux jusqu'au portail en pleurant et criant ; Yukitsugu leur ordonna de rester tranquillement au château et leur interdit de le suivre.

La plus petite des deux enfants toutefois s'accrochait à la manche de Yukitsugu et ne voulait le lâcher ; il avait beau la repousser et la repousser encore, elle revenait toujours et s'agrippait de toutes ses forces. À cette vue, Noto-no-kami :

– Tant pis, s'écria-t-il, je vais emmener cette enfant !

Et, soulevant sa petite-fille dans ses bras, il frotta sa joue contre la sienne et la prit sur son cheval.

Les cinquante cavaliers serrèrent les rangs et sortirent du château. Sous la poussée de Noto-no-kami qui chevauchait en tête, le chemin s'ouvrait devant eux.

Noto-no-kami, tout en galopant, jetait de temps à autre un regard en arrière. Ses hommes le suivaient tout en ferraillant avec les soldats ennemis qui les harcelaient.

Ils chevauchaient ainsi depuis quelque temps quand devant Noto-no-kami aussi apparurent des petits groupes de soldats ennemis. Noto-no-kami se lança sur eux au galop en donnant de gauche et de droite de grands coups de son sabre de trois pieds trois pouces, une arme de qualité, forgée par Nagamitsu de Bizen et surnommée Chama-yaburi. Tous ceux qui voulurent lui barrer le chemin furent blessés.

Soudain, comme il se retournait une fois de plus, Noto-no-kami s'avisa que, de ceux qui l'avaient suivi, il ne restait plus qu'un petit nombre, que leurs rangs étaient rompus et que la bataille faisait rage un peu partout à l'entour.

C'est alors qu'il aperçut, sur son côté, un jeune homme qui, tout seul, se battait contre plusieurs adversaires. En dépit de sa jeunesse, sa façon de combattre était superbe. S'il avait voulu s'échapper, il eût parfaitement pu le faire, mais tout au contraire, il tenait tête et ne cessait d'engager le fer. Bientôt cependant, lui aussi tombait. Les sabres de plusieurs ennemis s'abattirent en même temps sur le jeune homme à terre.

– Qui est-il, celui-là ? demanda Noto-no-kami.

– Il se nomme Nagano Tonéri ! répondit un certain Satô Gunbê.

– Le malheureux ! Qu'on lui donne le coup de grâce !

Cette fois Yukitsugu intervint :

– Avec tous les coups qu'il a reçus, il est déjà perdu !

Noto-no-kami alors se ravisa :

– Soit, laissons-le donc ! Si par extraordinaire il vit encore, mieux vaut le laisser. Avec de la chance, peut-être s'en tirera-t-il, et dans ce cas, il deviendra un formidable guerrier ! dit-il.

Noto-no-kami parcourut encore une cinquantaine de pas au galop. Puis il déposa sa petite-fille au pied d'un pin sur une éminence et noua à la ceinture de l'enfant une bourse pleine d'or et d'argent.

– Puisses-tu vivre et grandir en paix !

Sur ces mots, de nouveau, il enfourcha sa monture. Et quand il eut derechef parcouru une cinquantaine de pas :

– C'est fichu ! lança l'intrépide vieux soldat aux trois cavaliers qui le suivaient encore, comme si, pour la première fois, son propre destin lui était apparu.

Devant lui se dressait un mur de lances que brandissaient ses ennemis. Ceux-ci avaient réussi à l'encercler, encore qu'ils se tinssent à bonne distance.

Alors, celui qui paraissait le chef de la troupe, Taguchi Matasaémon, lance au côté, fit avancer son cheval dans sa direction. Noto-no-kami l'attendit de pied ferme, cependant qu'il s'approchait de lui. Puis, quand la distance entre eux ne fut plus guère que d'une toise, il lui demanda sans élever la voix :

– Pourquoi donc voulez-vous abattre Noto ?

– On vous a donné les châteaux de Numata et d'Iwabishi, mais vous n'êtes pas homme, je gage, à vous en contenter ? Vous êtes d'une espèce d'hommes à qui l'on ne peut confier des châteaux, répondit Taguchi.

– Est-ce là l'opinion de messire Masayuki ?

– Absolument !

Noto-no-kami ne répondit point ; son regard se perdit dans le lointain, comme s'il réfléchissait un instant. Il se pouvait bien, après tout, qu'il en fût comme on le lui disait. Il avait servi les Takéda, et malgré les prouesses peu communes qu'il avait accomplies, jamais on ne lui avait donné de château, mais peut-être bien, se disait-il, Shingen et Katsuyori avaient-ils estimé, eux aussi, qu'il était trop turbulent pour qu'on pût lui confier un château.

– C'est moi qui suis chargé d'assister à votre mort, dit Taguchi.

– Soit donc, viens çà !

Pour la première fois de cette journée, il avait senti la fureur l'envahir, et l'envie de se jeter sur un adversaire.

Taguchi s'avança, la lance en arrêt. Les deux chevaux allaient se toucher et, l'instant d'après, le corps de Taguchi Matasaémon tombait de sa monture, fendu en travers du corps à partir de l'épaule, par le sabre qui s'était abattu.

– Kiuchi Hachiémon !

Clamant son nom, un guerrier colossal s'élançait au galop. Il passait pour l'homme le plus valeureux de la garnison de Numata.

Yukitsugu voulut lancer son cheval dans sa direction, mais Noto-no-kami s'interposa et mit pied à terre. Kiuchi fit de même. Foulant les feuilles mortes imbibées d'eau, les deux hommes se firent face. Deux ou trois coups de sabre furent échangés et le corps massif de Kiuchi Hachiémon se plia en avant, fit trois pas trébuchants, s'écroula d'un seul coup et ne bougea plus.

Kiuchi non plus n'était un ennemi de Noto-no-kami.

Le mur de lances se resserrait. Pas un homme toutefois n'osait marcher sur Noto-no-kami.

Yukitsugu ferraillait avec plusieurs ennemis. Un soldat tomba, et bientôt un autre encore.

– Yukitsugu, cesse ce massacre inutile ! Quand tu en abattrais cinquante ou cent, tu ne les battras pas tous !

Ce disant, Noto-no-kami était venu à ses côtés ; un petit moment s'écoula.

– Viens çà ! dit-il encore.

– Oui ! dit Yukitsugu et, comme toujours, il suivit docilement son père.

Quand Noto-no-kami se fut assis sur le corps inerte de Taguchi Matasaémon, celui-là même qui avait été chargé d'assister à sa mort à lui, il invita Yukitsugu à s'asseoir pareillement.

– Je n'avais pas la moindre intention de me révolter. Je suis fâché que Masayuki ait pu mettre en doute ma loyauté, mais à cela non plus, nous n'y pouvons rien !

– Mon père, vous y êtes allé trop fort ! dit Yukitsugu.

– Il me faut tout de même dire la gratitude que je dois à Masayuki, dit Noto-no-kami, puis : J'avais envie d'avoir trois châteaux. Pour troisième, je me serais volontiers occupé du château des Sanada, à Uéda !

Noto-no-kami éclata de rire. C'était un rire énorme, libérateur.

– Prêt ?

– Oui !

Le père et le fils appliquèrent chacun la pointe de son sabre sur la large poitrine de l'autre. L'arme de Noto-no-kami pénétra la poitrine de Yukitsugu juste une seconde plus tôt. Les deux corps se penchèrent l'un vers l'autre comme s'ils s'étaient concertés, pour s'écrouler ensemble sur la tête du cadavre de Taguchi.

LA FILLE DE HONDA TADAKATSU

Le sept de la première lune de l'an quinze de Tenshô (1587), Sanada Masayuki et Ogasawara Ukon-no-taïfu arrivaient à Sunpu, où Iéyasu leur accordait une audience.

À la septième lune de l'an quatorze, Iéyasu se disposait à envoyer des troupes en Shinano pour châtier Sanada, quand Hidéyoshi lui fit dire que Sanada lui ayant fait sa soumission, il souhaitait qu'il lui fût pardonné, aussi Iéyasu, bon gré mal gré, renonça-t-il à son expédition. Dans ces conditions, l'entrevue entre Masayuki et Iéyasu se présentait sous un jour étrange, puisque chacun nourrissait de fortes préventions à l'égard de l'autre.

Pour Iéyasu, Sanada Masayuki était un personnage exaspérant. Depuis la ruine de la maison des Takéda, l'an dix de Tenshô (1582), il avait englobé dans sa zone d'influence la province de Shinano dans son ensemble, mais seul le clan des Sanada avait refusé de se plier à ses volontés. L'an treize (1585), il avait donc ostensiblement levé une armée pour réduire les Sanada, laquelle mit le siège devant le château d'Uéda, mais ne parvenait pas à prendre d'assaut ce castelet dont la garnison était de deux mille hommes à peine, et pis encore, elle se faisait de temps à autre étriller par celle-ci qui pratiquait une tactique de harcèlement ; tant et si bien qu'il finit, de guerre lasse, par retirer toute sa troupe. En conclusion de toute cette affaire, Masayuki, qui avait exprimé le souhait d'appartenir à Hidéyoshi, était devenu l'affidé de celui-ci, ce qui avait laissé à Iéyasu un arrière-goût amer et l'impression d'avoir été le dindon de la farce.

Si, dans ces conditions, Sanada Masayuki s'était rendu à Sunpu pour y rencontrer Iéyasu, ç'avait été bien évidemment sur l'ordre de Hidéyoshi. Il était en effet désagréable, pour celui-ci, que Sanada Masayuki, devenu son vassal, restât en mauvais termes avec Iéyasu, aussi méditait-il de les faire se raccommoder. Dans ce cas, il était tout naturel que Masayuki allât présenter ses devoirs à Iéyasu, chez ce dernier. Iéyasu avait une puissance qui pouvait soutenir la comparaison avec celle de Hidéyoshi, cependant que Masayuki, quel que fût le renom que lui valait sa bravoure, n'était jamais que le maître d'un petit château perdu tout au fond des montagnes neigeuses de Shinano.

Iéyasu n'avait pas ouvert la bouche. Tout en regardant de haut le visage de ce chef de guerre chevronné, mais encore dans la force de l'âge, puisqu'il entrait tout juste dans sa quarante et unième année, qui lui faisait ses compliments pour le nouvel an, il songeait aux présents qu'il ne pouvait se dispenser d'offrir à ce capitaine.

Masayuki vidait la coupe de *saké* en la relevant comme s'il avait voulu s'en couvrir le visage, et comme il la reposait sur le plateau à pied, Iéyasu enfin parla.

– Votre héritier, messire Nobuyuki, quel âge a-t-il au juste ?

– Il entre dans sa vingt et unième année.

– Il est bien jeune encore, mais lors des combats de l'autre année, l'on en parlait déjà comme d'un magnifique guerrier. Vous pourrez vous retirer quand vous voudrez, sans avoir à vous faire de soucis. Avec votre permission, j'aimerais m'employer à lui trouver une épouse, dit Iéyasu.

– J'en serais honoré !

Masayuki, sur cette réponse, se retira, mais tout bien réfléchi, il se demanda avec une certaine inquiétude ce que Iéyasu pouvait bien avoir en tête pour faire une pareille proposition. Il se pouvait effectivement qu'il eût l'intention de chercher dans sa parentèle ou parmi ses principaux vassaux une fille dont l'âge fût en rapport, comme il se pouvait, en considérant la chose autrement, qu'il lui offrît en quelque sorte un otage.

À supposer que Masayuki eût une fille, et qu'il lui eût demandé cette fille, les choses eussent été claires, mais dans le cas présent, c'était exactement le contraire.

Masayuki quitta Sunpu pour retourner à Uéda, et le surlendemain, on lui apportait une missive de Iéyasu.

« Honda Tadakatsu a une fille de seize ans. Sa beauté est hors de pair et son esprit est pareil à une perle. J'estime qu'elle ne serait pas indigne de messire Nobuyuki. Vous plairait-il de la recevoir par mon entremise ? »

Tel en était le libellé. Masayuki sur-le-champ écrivit sa réponse.

« Votre sollicitude me comble, mais j'avais cru comprendre qu'il s'agissait d'une de vos propres filles et j'avais donc acquiescé. Mais je n'ai pas la moindre envie de prendre pour bru la fille d'un de vos vassaux. »

Masayuki, en somme, repoussait l'offre de Iéyasu sous le prétexte quc le lignage de l'autre partie n'était pas suffisamment relevé.

Il n'avait pas un seul instant imaginé que Iéyasu allait lui donner une de ses filles. En fait, il lui était parfaitement indifférent que ce fût la fille de tel ou tel. Du moment qu'il devait la recevoir par l'entremise de Iéyasu, il n'aurait pas cru bon de soulever des objections sur le lignage ou la condition de la partenaire. D'autre part, ce Honda Tadakatsu était un capitaine que l'on tenait pour le pilier de la maison des Tokugawa dont il était l'un des principaux vassaux. Sur le chapitre du lignage ou de la condition, il n'y avait, somme toute, rien à redire.

Si néanmoins Masayuki avait éprouvé le besoin de refuser sans la moindre hésitation, c'est parce qu'il s'agissait de la fille de Honda Tadakatsu. Du simple fait qu'elle était la fille de Honda, le sentiment prévalut qu'il serait moins dangereux de battre en retraite. Tadakatsu était un guerrier qui, pour Iéyasu, eût sacrifié sans hésiter, jusqu'au dernier homme, toute sa maison et toute sa famille. À nul mieux qu'à lui n'eût convenu l'expression : « d'une loyauté à toute épreuve ». Comme Masayuki, il était dans sa quarante et unième année. Il s'était distingué en maintes batailles, Mikataga-hara, Nagashino et autres, et le bruit de ses exploits s'était répandu sur le monde.

Masayuki songeait que la fille de Honda était bien la seule dont il ne voulait pas. Nobuyuki lui-même n'en dormirait pas tranquille. Il n'y aurait rien d'étonnant à ce qu'une pareille partenaire vous coupât le cou pendant votre sommeil.

Une quinzaine s'était écoulée, quand un nouveau courrier de Iéyasu vint remettre sur le tapis ce projet de mariage.

« La fille de Honda Tadakatsu est une personne que, pendant des années, j'ai élevée comme si elle eût été mienne. Si j'ai pu vous la présenter comme la fille de Honda, c'est une méprise de ma part. Je réitère donc ma proposition et vous demande s'il vous conviendrait de prendre, non point la fille de Honda, mais la fille d'adoption de Iéyasu. »

Masayuki, à la lecture de cette lettre, se dit que l'affaire devenait scabreuse. Si on lui présentait la jeune personne comme la fille adoptive de Iéyasu, il n'était plus question de chicaner.

Masayuki discuta donc de l'affaire avec Nobuyuki, et ce dernier, sans hésiter le moins du monde, dit simplement :

– Je la prends !

– Puisqu'elle est la fille de Honda Tadakatsu, elle possède certainement les qualités requises pour une femme de guerrier. Si tu tiens à te marier, la fille de Tadakatsu fera sans doute l'affaire. Dans n'importe quelle mauvaise passe, elle aura, je pense, assez de caractère pour ne pas flancher. Mais sur ce point précisément, je me demande s'il convient de s'en réjouir.

Nobuyuki, lui aussi, semblait se figurer la fille de Honda comme une femme d'une énergie rare, fût-ce chez un homme.

À la condition de veiller à ne pas se faire couper le cou… ! Masayuki avait eu ces mots sur le bout de la langue, mais il se reprit et n'en dit rien à Nobuyuki.

Masayuki fit donc savoir aussitôt à Iéyasu qu'il consentait. La réponse de Iéyasu arriva par retour du courrier, à savoir qu'il souhaitait que soit déterminé au plus tôt un jour faste pour échanger les promesses de mariage ; que toutefois il souhaitait que le mariage lui-même fût reporté à deux ans, en attendant que la fille eût dix-huit ans.

Masayuki n'avait aucune objection. Il valait mieux, se disait-il, se contenter des promesses et retarder la cérémonie aussi longtemps que faire se pourrait.

La fille de Honda, Tsukihimé, fit son entrée dans la maison des Sanada vers le milieu de la onzième lune de l'an dix-sept de Tenshô (1589).

Le cortège, composé de cinquante palanquins, de dizaines d'hommes d'armes à cheval pour les protéger et de centaines de piétons, quitta le château de Hamamatsu pour remonter l'étroite vallée de la Tenryûgawa, puis, passés Ina et Suwa, coupa par le haut-plateau, et de Komoro se dirigea vers l'ouest, et de là vers Uéda.

Un peu partout, le long du chemin, des haltes étaient

préparées, où l'on servait le thé. Chaque fois, le long cortège s'arrêtait et les femmes descendaient des palanquins sur la route. Dames d'honneur du premier rang, du deuxième rang, dames d'atour, suivantes et autres, par dizaines, offraient un spectacle imposant quand elles se tenaient là, rangées en une longue file. Et ces femmes, chaque fois qu'elles descendaient de leur palanquin, voyaient le paysage qui les entourait se modifier insensiblement.

Parvenu aux environs de Suwa, on sentait que ce n'était plus l'automne, mais l'hiver déjà dans sa plénitude. Sur le haut-plateau, le vent était glacial, les arbres des monts et des vaux secouaient leurs dernières feuilles et dressaient dans le ciel gris de cendre leur ramure nue.

Dans le troisième palanquin était montée Tsukihimé, mais elle seule, quand le palanquin s'arrêtait, ne se montrait point. Le store roulé, de l'intérieur du véhicule, elle bavardait avec ses femmes en regardant le paysage qui l'entourait.

Masayuki, le jour de l'arrivée du cortège de la mariée, tout comme à l'instant où, trois ans plus tôt, Iéyasu lui avait pour la première fois parlé de cette affaire, était assailli par une sourde inquiétude, cependant qu'il attendait cet importun cadeau.

Pour l'heure, rien n'indiquait que les relations avec Iéyasu pussent devenir hostiles. Hidéyoshi à présent s'était imposé, de nom et de fait, comme le maître de l'empire, et si Iéyasu était le plus puissant après Hidéyoshi, il n'était pas irréfléchi au point de prendre les armes contre lui, quoi qu'il pût arriver. Aussi longtemps que durerait cet état des choses, Masayuki pouvait être tranquille.

Et tant que les choses en resteraient là, l'entrée de Tsukihimé dans la maison des Sanada ne poserait aucun problème. On lui avait confié un objet fragile, d'un maniement quelque peu délicat, mais pour peu qu'il s'en accommodât, c'était somme toute une sorte de chaîne qui le reliait à Iéyasu.

Masayuki, cependant, réfléchissait. À supposer que Hidéyoshi s'en allât dans un autre monde, la situation changerait du tout au tout. Dans ce cas, la fille de Honda deviendrait du coup une sorte d'otage. Aussi longtemps qu'il ne lâcherait pas Tsukihimé, la maison des Sanada se trouverait dans une position plutôt avantageuse.

Si, ce néanmoins, Iéyasu lui avait livré Tsukihimé, comment fallait-il le comprendre ? Le plus naturel eût été de penser que nouer une alliance matrimoniale avec les Sanada était un stratagème pour entraîner toute leur famille dans le camp des Tokugawa, mais il était difficile de croire que Iéyasu pût nourrir un dessein aussi simpliste. Il était du reste tout aussi difficile d'imaginer que pareille alliance eût suffi à lier les mains des Sanada. Dans ces conditions, quel pouvait bien être le sens du mariage de Tsukihimé ? Pour Masayuki, la chose était parfaitement incompréhensible. Toujours était-il que la fille de Honda Tadakatsu approchait à cette même heure du château.

Le cortège de la mariée fit son entrée dans le bourg sous le château à la tombée de la nuit. Un peu partout dans le bourg étaient disposés des brasiers qui éclairaient comme le plein jour. Le long cortège le traversa et entra au château par la porte de l'est, dite de Ko.izumi.

Tsukihimé descendait de son palanquin ; menée par une dame d'honneur qui la tenait par la main, elle traversa le jardin, entra dans le corps de logis, et par le long couloir, on la mena dans les appartements du fond.

Masayuki n'assistait pas à la cérémonie, mais, posté près de la porte de sortie du couloir qui menait au jardin intérieur, il avait observé Tsukihimé cependant qu'elle suivait ce couloir.

Tsukihimé, qui marchait tête baissée comme il convient, ne s'était pas aperçue qu'elle passait devant Masayuki.

Ce dernier avait donc, pour la première fois, vu la fille de Honda Tadakatsu. Elle était frêle et gracile au point qu'on avait peine à croire qu'elle fût la fille de ce fameux Honda Heihachirô Tadakatsu. De la mariée en robes blanches, les yeux de Masayuki n'avaient retenu que le fin visage au teint clair, le cou que l'on eût entouré d'une seule main, l'élégance du poignet de la main qu'elle donnait à la dame d'honneur. Plutôt que le risque d'avoir le cou tordu dans son sommeil, c'était pour sa vie à elle, se disait-il, qu'il lui faudrait craindre.

Une inquiétude d'une sorte qu'il ne se souvenait pas d'avoir jamais éprouvée, s'empara de l'esprit de Masayuki. Il fallait à tout prix lui faire passer au moins cet hiver de façon satisfaisante. Si, après l'avoir reçue chez lui, il la laissait mourir trop tôt, songeait-il, jamais il ne pourrait s'en expliquer avec Iéyasu.

La première entrevue formelle entre Masayuki et Tsukihimé eut lieu trois jours plus tard. Dans la grande salle intérieure qui donnait sur le jardin, Masayuki rencontrait pour la première fois sa bru en sa qualité de beau-père. Tsukihimé, en robe à manches étroites de pourpre foncée, reçut avec grâce la coupe dans ses mains dont l'élégance avait tant surpris Masayuki le soir des noces.

Même vue de plus près, Tsukihimé n'avait rien qui, de quelque façon que ce fût, pût la faire prendre pour la fille de Tadakatsu, rien qui rappelât les yeux perçants et le menton volontaire de Tadakatsu. Le teint était d'une blancheur presque irréelle, les grands yeux étaient transparents. Le dessin de la bouche était d'une charmante douceur.

Masayuki eut envie d'entendre sa voix.

– Cette longue route a dû vous sembler pénible !

Ainsi interpellée, Tsukihimé releva la tête et sourit sans mot dire. L'innocence limpide de ce sourire stupéfia Masayuki.

– Venir à Uéda, j'en suis sûr, a dû vous déplaire et vous ennuyer.

Masayuki, séduit par le visage souriant de Tsukihimé, avait dit cela en riant lui aussi, comme pour taquiner sa jolie bru.

– En effet, c'est comme vous le dites.

Tsukihimé avait répondu sans la moindre réticence.

– Et qu'est-ce donc qui vous déplaisait ?

– C'était d'aller en ce pays lointain.

– Ho ! Parce que c'était loin ?!

– Et puis, on m'avait dit que c'était un pays triste, où il y avait beaucoup de neige.

– …

– Et puis, on n'y voit pas la mer.

– Ho ! et puis… ? l'encouragea Masayuki.

– Non, il n'y a rien d'autre.

– Et à présent, qu'en est-il ? Vous êtes triste ?

– Non !

– Vous êtes bien un petit peu triste ?

– Oui !

Cette fois elle avait acquiescé honnêtement.

– Cela vous déplaisait de venir, alors vous avez pleuré beaucoup ?

– Non, ce n'est pas cela.

– Vous avez bien pleuré un peu ?

– Oui !

– Et monsieur votre père vous a grondée ?

– Oui !

– Messire Honda a dû vous dire que si vous n'écoutiez pas ce qu'il vous disait, il ne vous le pardonnerait jamais.

– Non, il n'a pas dit cela. Il m'a dit qu'il me permettrait de revenir dès que j'aurais un enfant.

– Hum ! grogna Masayuki, puis : Dans ce cas, je ne commettrai pas l'imprudence de vous laisser repartir ! Si je vous laisse aller, il est bien capable de vous retenir avec l'enfant.

Masayuki éclata de rire. C'était un rire énorme, de sa vie il n'avait ri aussi fort. Et quand il cessa de rire, il se demanda si, à l'avenir, cette bru n'allait pas lui devenir plus chère que ses propres fils. Il était stupéfait de découvrir qu'il pouvait exister une âme incapable d'envelopper ni de dissimuler quoi que ce fût, et pour la première fois, il se heurtait à la beauté d'une âme de cette qualité.

Ce jour-là, Masayuki dit à Nobuyuki :

– C'est une bonne épouse que tu as là !

– Cela se pourrait.

Nobuyuki avait l'air embarrassé.

– C'est à ne pas croire qu'elle est la fille de Honda !

– Vous voulez dire qu'il y a eu substitution ?

– Sot que tu es ! Tsukihimé est une femme incapable de proférer le moindre mensonge. Tu n'as donc pas encore compris ce qu'est ton épouse ? dit Masayuki.

– Ces choses-là, je les ai comprises mieux que vous, mon père ! dit Nobuyuki, et aussitôt il se retira.

Depuis que Tsukihimé était entrée dans la maison des Sanada, trois années s'étaient écoulées. L'entente était parfaite entre elle et Nobuyuki, mais elle n'avait pas eu d'enfant.

Masayuki, toutefois, estimait qu'après tout, si elle n'avait pas d'enfants, les choses étaient fort bien ainsi. Il n'avait pas oublié le petit discours qu'il s'était tenu à lui-même trois jours après l'arrivée de Tsukihimé. Il se disait que si celle-ci mettait au monde un enfant, il n'était pas du tout impossible que Iéyasu, sous le premier prétexte venu, ne cherchât à s'emparer de Tsukihimé et de l'héritier de la maison des Sanada. Puisque Tsukihimé était la fille de Honda Tadakatsu, le prétexte ne serait pas difficile à trouver. Si par aventure les choses en arrivaient là, cela reviendrait pour les Sanada à donner un otage à Tokugawa, ce qui rendrait leur situation inconfortable en cas de conflit.

Mais somme toute, puisque Tsukihimé n'avait pas d'enfant, la question ne se posait pas. De plus, Nobuyuki était bien jeune encore, aussi n'était-il pas urgent qu'il eût un enfant de sitôt. Et tant qu'aucun enfant ne naîtrait, c'était toujours Tsukihimé qui restait, tout compte fait, un otage livré aux Sanada par les Tokugawa.

Indépendamment de ces calculs, Masayuki éprouvait, en sa qualité de beau-père, une véritable affection pour Tsukihimé. Quand il voyait le visage de sa bru, fût-il de l'humeur la plus exécrable, il se sentait obligé de modifier l'expression du sien. Il n'avait nul besoin de se forcer pour cela ; dès lors qu'il voyait son visage, qu'il entendait sa voix, il ne pouvait faire autrement. Cette faculté de provoquer une douce émotion dans le cœur endurci des gens de guerre, Tsukihimé la possédait de naissance.

Durant les trois années qui suivirent le mariage de Tsukihimé, il n'y avait eu aucune guerre digne de ce nom. L'an premier de Bunroku (1592), quand Hidéyoshi avait envoyé un corps expéditionnaire en Corée, Masayuki avait, avec Nobuyuki, quitté Uéda pour rejoindre le camp de Nagoya en Hizen, mais il n'avait pas pris part à la guerre au-delà des mers.

L'année suivante, à la huitième lune, lorsque Hidéyoshi quitta le camp pour revenir à Ôsaka, Masayuki et son fils revinrent de Nagoya à Uéda. À l'automne de la même année, Tsukihimé fut enceinte, et l'été de l'an trois, elle mit au monde un fils. On lui donna le nom d'enfance de son père et on l'appela donc Genzaburô.

C'est à la cérémonie de la reprise des couleurs, qui est célébrée le cent unième jour après la délivrance, que Masayuki revit Tsukihimé pour la première fois depuis longtemps. Dans la salle étaient dressées les viandes, oiseaux et carpes, et les flacons de *saké*, et l'enfant, vêtu d'une robe de couleur, était assis, dans les bras de sa mère, devant le plateau du repas.

Tsukihimé, devenue mère, était visiblement épuisée, mais tous ses gestes étaient empreints d'une plénitude qu'ils n'avaient pas auparavant.

Masayuki ressentait plus d'affection pour Tsukihimé que pour l'enfant. Il n'avait aucune envie de prendre son premier petit-fils sur ses genoux, ni de scruter son visage, mais il ne put, devant l'air épuisé de sa bru, s'empêcher de prononcer des paroles d'encouragement. L'affection paternelle qu'il éprouvait à l'égard de la fille de Honda Tadakatsu lui paraissait à lui-même étrange. Il se demandait si c'était parce qu'elle n'avait à peu près rien qui rappelât qu'elle était la fille de Tadakatsu, que Tsukihimé lui plaisait tant. Il ne trouvait, en effet, aucune autre raison que celle-là.

– À présent que vous avez un enfant, il faudra que vous alliez un jour à Hamamatsu pour revoir messire Honda, dit Masayuki.

Il avait dit cela pour encourager Tsukihimé qui depuis son mariage n'était pas retournée une seule fois dans sa famille. Il estimait n'avoir désormais plus à craindre que, s'il la laissait partir, on la retienne avec le nourrisson. Tsukihimé, comme il s'y attendait, paraissait heureuse.

– Il vous a dit, paraît-il, de patienter jusqu'à ce que vous ayez un enfant, et vous avez effectivement patienté jusqu'ici. Vous pouvez maintenant vous présenter la tête haute devant messire Honda ! dit Masayuki avec un bon sourire.

Au printemps de l'an quatre de Bunroku (1595), Tsukihimé, emmenant avec elle Genzaburô, descendit le val d'Ina, après une absence de quelque six années. Après avoir passé dix jours à Hamamatsu, elle repartit aussitôt pour la province de Shinano. Tsukihimé avait vu les cerisiers à Nagoya et, après son retour à Uéda, elle put voir fleurir, avec un retard d'une vingtaine de jours, les cerisiers de Shinano.

Lorsque, sur les berges de la Chikumagawa, s'ouvrit le banquet sous les fleurs, le second de l'année pour Tsukihimé, Masayuki ne put s'empêcher de plaisanter.

– Pourquoi êtes-vous revenue si tôt ? Je pensais que peut-être messire Honda vous retiendrait et que plus jamais je ne verrais ni votre visage, ni celui de Genzaburô… !

– C'est exactement ce que j'ai dit à mon père quand je suis allée là-bas.

– Vous avez osé dire cela à messire Honda ?

– Oui !

– Et qu'a-t-il dit alors ?

– Que la paix régnant dans l'empire, messire Awa-no-kami (Masayuki) lui enverrait certainement chaque année son petit-fils pour lui faire voir les cerisiers de Hamamatsu.

– Hum !

Masayuki se dit que, décidément, l'on ne pouvait rien dire à Tsukihimé. Mais cela ne lui était nullement désagréable. Cette Tsukihimé, capable de proférer sans hésiter des choses pareilles, ne lui en plaisait que davantage.

Au début de l'été de l'année suivante, Masayuki envoya de nouveau Tsukihimé et Genzaburô à Hamamatsu. Et cette fois encore, Tsukihimé ne séjourna qu'une dizaine de jours à Hamamatsu avant de revenir à Uéda.

– Mon père m'a dit que c'en était assez maintenant, qu'il suffisait que j'aille lui faire voir mon prochain enfant quand il serait né, car il était inconvenant de revenir ainsi dans sa famille tous les ans, dit-elle à Masayuki.

– Je ne vous y envoie pas pour faire plaisir à messire Honda. Je le fais parce que j'ai pensé que vous, vous en aviez envie, dit Masayuki.

À l'été de l'année suivante, deuxième de Keichô (1597), Tsukihimé mit au monde son second fils. On le nomma Naïki. Cette fois, elle eut du mal à se remettre de ses couches et ne quitta le lit qu'au printemps suivant.

Quand enfin l'on put fêter ses relevailles, Masayuki lui dit :

– L'an prochain au printemps, vous pourrez aller montrer l'enfant à messire Honda.

Au printemps de cette année suivante, toutefois, la situation n'était plus tout à fait la même pour Masayuki. Peu de temps après les relevailles de Tsukihimé, à la huitième lune, Hidéyoshi était trépassé. En surface, rien n'était changé, mais sous les apparences, les sujets d'inquiétude commençaient à se multiplier. Insensiblement, le personnage de Iéyasu prenait aux yeux de tous une stature inquiétante.

Le printemps venu, Tsukihimé vint trouver Masayuki.

– Me permettez-vous d'aller à Hamamatsu ?

Il semblait qu'elle n'avait pas oublié les paroles de Masayuki. Ce dernier, qui l'avait regardée attentivement pendant qu'elle parlait ainsi, lui demanda, d'un ton un peu plus incisif que de coutume :

– Qu'en dit Nobuyuki ?

– Il dit qu'il n'y voit pas d'inconvénient.

– Nobuyuki a dit cela ?

Masayuki paraissait songeur, mais il se reprit et dit :

– Dans ce cas, vous pouvez y aller.

C'est à ce moment-là que Masayuki s'était avisé que la façon de voir de son fils aîné Nobuyuki différait du tout au tout de la sienne. Nobuyuki n'avait aucune défiance à l'égard des Tokugawa, et partant, il était prêt à envoyer là-bas sa femme et ses enfants sans éprouver la moindre inquiétude.

Il n'en allait pas de même pour Masayuki. À son avis, il n'était pas du tout exclu que les choses en vinssent, demain peut-être, au point qu'il fallût se prémunir contre Tokugawa. Dans ces conditions, envoyer Tsukihimé et ses petits-fils chez les Honda revenait à donner volontairement des otages à l'autre parti. Mais, réflexion faite, et encore que ce fût périlleux, envoyer, précisément dans ces circonstances, la femme et les fils de Nobuyuki dans le camp des Tokugawa, et voir quelle attitude Honda Tadakatsu adopterait à leur égard, pouvait présenter un certain intérêt. Peut-être, somme toute, valait-il mieux y envoyer, pour voir, la femme et les enfants de Nobuyuki, que de ne les envoyer point.

Bientôt donc Tsukihimé s'en allait à Hamamatsu avec Naïki, et cette fois encore, au bout d'un mois environ, ils revenaient tous deux à Uéda sains et saufs.

– Votre père vous a laissée repartir sans difficulté ? dit Masayuki.

Et Tsukihimé :

– Mon père m'a demandé, de la même manière que vous, si messire Awa-no-kami m'avait laissée partir sans difficulté.

Ainsi donc, chacun des deux hommes avait cherché à savoir ce que l'autre avait dans le ventre.

Comme il l'avait fait dix ans plus tôt, quand Tsukihimé était venue pour se marier, Masayuki rit aux éclats, d'un rire qui jaillissait du fond de son cœur.

De même qu'il avait voulu sonder les intentions de Honda Tadakatsu, de même celui-ci avait-il voulu sonder les siennes. Mais du fait que c'était Tsukihimé qui se trouvait placée entre eux, par sa façon de tout raconter des deux côtés, la seule chose qu'il avait apprise était que chacun avait tenté de sonder l'autre, tant et si bien qu'il n'en pouvait tirer aucune conclusion. Que Tsukihimé, qui était la fille de Honda et qui maintenant était l'épouse de l'héritier des Sanada, fût restée transparente comme une eau claire, sans refléter les couleurs de l'une ou de l'autre maison, voilà ce qui avait provoqué l'hilarité de Masayuki.

Quand Masayuki avait éclaté de rire, Tsukihimé, elle aussi, contrairement à son habitude, avait laissé échapper un petit rire qui sonnait clair.

– Qu'est-ce qui vous amuse ? demanda Masayuki.

– Mon père, à Hamamatsu, a ri très fort, comme vous.

Masayuki, à ces mots, reprit instantanément son air le plus sévère. Puis, toujours sérieux, il dit :

– Un temps viendra, qui sait, où nous ne pourrons plus, l'un et l'autre, nous borner à rire. Tsukihimé, vous avez deux pères, mais lequel des deux aimez-vous le mieux ?

À cette question, Tsukihimé, sans répondre, inclina doucement la tête.

Un mois environ plus tard, il fut décidé que Nobuyuki quitterait Uéda pour le château de Numata afin de le mettre en état de défense. Tsukihimé, elle aussi, s'en allait avec son époux à Numata. Masayuki et son second fils Yukimura restaient au château d'Uéda. L'état de l'empire ne permettait plus d'en prendre à son aise, aussi les Sanada, père et fils, se voyaient-ils obligés d'assurer la défense de leurs possessions par leurs propres moyens.

Au début de la quatrième lune de l'an cinq de Keichô (1600), Ishida Mitsunari prit la décision de lever une armée pour abattre Iéyasu.

Un peu avant cela, Iéyasu avait envoyé ses troupes en Shimotsuké pour frapper Uésugi Kagékatsu. Masayuki et Nobuyuki avaient eux aussi été sollicités par Iéyasu, et ils avaient décidé de prendre part à la campagne. Masayuki, à la tête de ses soldats, quitta donc le château d'Uéda. Au pied de celui-ci, il restait encore des plaques de neige. Quand Masayuki arriva au château de Numata, il réunit son armée à celle de Nobuyuki, et ils se mirent en route pour Koyama dans la province de Shimotsuké, où Iéyasu avait établi ses quartiers.

En route, ils avaient fait étape dans un hameau du nom de Inubusé, et cette nuit-là, un courrier des provinces de l'ouest vint leur apporter une missive secrète d'Ishida Mitsunari.

Que si Iéyasu levait une armée pour réduire à merci messire Uésugi Kagékatsu, c'était là contrevenir aux serments jurés par le sire *taïkô* (Hidéyoshi), et par conséquent cette action ne pouvait en aucune manière rehausser le prestige de Monseigneur Hidéyori, son fils. Les entreprises de Iéyasu décidément passaient les bornes, et il était temps de rassembler les forces des fidèles du défunt seigneur et, en abattant Iéyasu, de couper court à ses futurs méfaits. Que dans la mesure où ils n'auraient pas, eux, oublié la générosité du sire *taïkô*, il se permettait, lui, d'espérer qu'ils rempliraient leurs devoirs envers Monseigneur Hidéyori.

Telle était la teneur du message.

Quand Masayuki en eut achevé la lecture, il tendit la lettre à son second fils Yukimura. Celui-ci fit un signe de tête à son aîné Nobuyuki pour s'excuser, et il la lut à son tour.

– Au fait, que se passe-t-il donc ? dit Nobuyuki.

Et Masayuki :

– Il semble que l'on ait déjà levé une armée dans le Kamigata, dit-il.

Alors Nobuyuki, après un instant de réflexion :

– Puisque vous avez été depuis des années en mauvais termes avec Iéyasu, je pense, mon père, que vous feriez aussi bien d'obtempérer aux ordres de Monseigneur Hidéyori. Et puisque Yukimura a pris pour épouse la fille d'Ôtani Gyôbu-no-kami, il devrait prendre le même parti que vous, mon père. Quant à moi, qui ai bénéficié des faveurs de Iéyasu, la reconnaissance que je lui dois m'interdit, ce me semble, de me joindre à ceux du Kamigata, dit-il.

Masayuki, à en juger d'après le comportement de Nobuyuki lorsqu'il avait envoyé Tsukihimé à Hamamatsu, avait dès ce temps-là eu le pressentiment qu'il prendrait cette attitude dans un cas comme celui-ci. Et il ne lui en voulait pas le moins du monde. Il estimait, en effet, qu'il était bon que chaque homme agisse selon sa nature, le fils dût-il s'opposer au père.

Il fut donc décidé que Nobuyuki, avec sa troupe, rallierait sur l'heure le camp de Koyama, cependant que Masayuki et Yukimura ramèneraient leurs soldats au château d'Uéda. Quand ils eurent, pour la forme, échangé la coupe des adieux, Nobuyuki dit :

– Eh bien donc, soit !

Et il se leva. Masayuki et Yukimura firent de même et l'escortèrent jusqu'au portail du monastère. Au moment où le détachement de Nobuyuki se mettait en marche, Masayuki dit à Yukimura :

– Il y a dix ans, lorsque j'ai accueilli Tsukihimé, jamais je n'eusse imaginé qu'elle détournerait sans plus de façons l'héritier d'Uéda. C'est un bien précieux qu'elle m'a arraché là !

Il avait, bien entendu, dit ces mots sur le ton de la plaisanterie, mais le résultat était bel et bien celui-là.

Masayuki, lui aussi, rassembla sa troupe ce même soir, et au point du jour, il quitta le hameau d'Inubusé pour reprendre, en sens inverse, la route par laquelle il était venu. À la tombée du jour, il arrivait devant le château de Numata qui était la demeure de Nobuyuki. Dans la lumière du crépuscule de printemps, le château dans lequel il ne restait qu'un petit nombre de soldats était plongé dans un profond silence.

Masayuki songea que, maintenant que lui et son fils avaient embrassé des causes ennemies, il ne pourrait plus jamais rencontrer Tsukihimé et ses deux petits-fils, aussi l'envie lui vint-elle de les revoir tous trois une dernière fois. Il laissa donc sa troupe en plein champ à une centaine de pas du portail, et lui-même et Yukimura se dirigèrent vers l'entrée du château de Numata avec une suite de quelques hommes seulement.

La porte était solidement barrée et les gardes étaient invisibles. Masayuki chercha à entrer, mais il n'y avait d'accès nulle part. Planté devant le portail, il éleva la voix et héla les hommes qui défendaient la porte. C'est alors que, au haut de la muraille qui flanquait le portail, apparurent plusieurs soldats armés de pied en cap.

– Veuillez attendre un petit instant ! dit l'un d'eux en le saluant avec déférence.

La porte toutefois ne s'ouvrait point. On fit attendre Masayuki un bon moment devant le portail. Exaspéré, il faisait tourner son cheval sur place. Enfin, au haut de la muraille, apparut la silhouette de Tsukihimé.

– Tout à l'heure est venu un messager de Nobuyuki qui m'a fait savoir qu'il s'était séparé de son père dont il était désormais l'ennemi. Dans ces conditions, et encore que vous soyez son père, je ne puis vous laisser pénétrer dans ce château, dit-elle.

Il sembla à Masayuki que cette Tsukihimé était devenue une tout autre femme. Son langage était toujours le même, mais dans son attitude il y avait une sorte de dureté inflexible. Masayuki dit en riant :

– Dans ce cas, je vais être obligé d'enfoncer la porte. Car je veux à tout prix revoir le visage de mes deux petits-fils !

– Si vous voulez voir les enfants, je les amènerai ici !

– Non, je veux les voir dans le château !

– Cela est hors de question. Je vous en prie, veuillez

vous retirer sans bruit. Dans ce château, les femmes sont toutes armées déjà, dit-elle.

Là-dessus, comme pour lui en apporter la preuve, Tsukihimé fit monter quelques femmes sur la muraille. Toutes étaient en armure, sabre ou fauchard au côté.

Bientôt Tsukihimé faisait la révérence à Masayuki, puis disparaissait de la muraille.

Masayuki renonça donc à revoir ses deux petits-fils et s'éloigna de la porte, puis, à la tête de sa troupe, il quitta Numata. Il chevaucha quelque temps en silence.

– C'est bien la fille du fameux Honda dont tout le Japon chante le los ! dit-il enfin à Yukimura.

Masayuki avait eu le sentiment d'avoir, pour la première fois, compris qu'elle était en effet la fille de Honda Tadakatsu. Et la Tsukihimé qu'il avait connue jusque-là lui apparaissait comme un être tout à fait différent de celle qu'il venait de découvrir. Il s'apercevait que l'attitude irréprochable de cette femme qui, prise en étau entre Sanada et Honda, ne s'était prononcée ni pour l'un ni pour l'autre, était le meilleur parti que pouvait prendre une femme dans la position où se trouvait placée Tsukihimé. Elle ne s'était prononcée ni pour les Sanada, ni pour les Honda qui étaient sa famille d'origine. Et elle avait, en définitive, choisi le parti de celui qui était désormais sa seule raison de vivre, à savoir son époux Nobuyuki.

Après la défaite d'Ishida Mitsunari à Sékigahara, Masayuki et Yukimura tombaient sous le coup d'une condamnation à mort, mais sur les instances de Nobuyuki, ils furent graciés et, leurs domaines confisqués, assignés à résidence au pied du mont Kôya.

Masayuki, après cela, eut encore plusieurs occasions de grogner. La première fois, ce fut quand Nobuyuki devint le châtelain d'Uéda. Nobuyuki, l'héritier des Sanada, était donc entré en possession du château d'Uéda comme devant. Si l'on en jugeait par le résultat, tout se passait comme si la famille s'en était tirée sans dommage. La chose était certes due à la valeur guerrière de Nobuyuki, mais il était clair que dans son ombre veillait la fille de Honda.

La seconde fois, ce fut quand on lui envoya dans sa retraite du Kudoyama des victuailles de Shinano.

« Dorénavant, je me permettrai de vous faire tenir chaque année des produits des quatre saisons », était-il dit dans la brève missive jointe à cet envoi, et celle-ci était de la main de Tsukihimé.

C'était une écriture nette, d'une belle venue, mais qui avait, comme Tsukihimé elle-même, quelque chose d'inflexible.

LES PENNONS DE NATTE

Parmi les hommes liges des Sanada, il y avait un guerrier d'une force prodigieuse, du nom de Majima Moku. C'était un merveilleux cavalier, qui dans les batailles chargeait toujours le premier, le corps penché sur l'encolure de son cheval, balayant tout de droite et de gauche de son sabre long autant que son corps, et cela sans avoir jamais reçu la moindre blessure. Non point qu'il s'attachât à préserver sa réputation de combattant solitaire, toujours en tête, ni qu'il visât le moindre avantage, mais, du simple fait qu'il se lançait à fond de train et devançait tout le monde, il stimulait l'ardeur au combat de ceux de son parti.

– Aujourd'hui encore, Majima a couru devant !

À chaque bataille on était sûr d'entendre ici ou là murmurer ces paroles.

Majima Moku était un personnage taciturne, qui, à première vue, avait l'air plutôt obtus et qui semblait ne pas trop savoir que faire de son encombrante carcasse. Il paraissait déjà âgé, mais en fait il n'avait que vingt-huit ans. Depuis son enfance, il avait été au service de Saémon-no-jô Yukimura, mais avant la bataille de Sékigahara, il avait, tout à fait par hasard, été affecté au contingent de l'héritier des Sanada, Nobuyuki, sous les ordres duquel il était donc désormais placé. Et c'est ainsi qu'il avait suivi Nobuyuki quand celui-ci avait rallié le parti des Tokugawa, et qu'il se retrouvait à contrecœur dans l'armée qui assiégeait le château d'Uéda, où s'étaient retranchés Masayuki et Yukimura.

Pour Majima Moku, avoir à tirer de l'arc contre ce château d'Uéda que ses pères avaient servi, était une situation qu'il n'eût osé imaginer, fût-ce en rêve. Pour lui, en effet, si Masayuki était son seigneur, Nobuyuki et Yukimura étaient ses seigneurs tout autant. Entre eux il ne faisait aucune différence. Un destin incompréhensible avait fait de Masayuki et Yukimura ses ennemis et lui assignait maintenant la tâche d'assaillir le château d'Uéda qui avait été le berceau de son enfance et de sa jeunesse.

Le siège du château d'Uéda avait commencé dans la première décade de la neuvième lune de l'an cinq de Keichô (1600). L'armée assiégeante, commandée par Hidétada, était forte de trente-huit mille hommes, et le contingent de Sanada Nobuyuki auquel appartenait Majima Moku faisait partie de l'une de ses ailes.

L'idée première de Hidétada avait été d'enlever le château d'Uéda au passage, en un jour ou deux, cependant qu'il faisait route vers le sud pour aller prendre part à la campagne de Sékigahara, mais contrairement à son attente, le château ne tomba point, si bien que, malgré qu'il en eût, il se trouvait cloué sur place. Et pendant que le siège d'Uéda se prolongeait de la sorte, le gros des forces des Tokugawa avait écrasé l'armée de l'ouest, et les chefs de celle-ci, à commencer par Ishida Mitsunari, avaient été pris et exécutés. Seul résistait encore le petit château d'Uéda en Shinano, alors que les temps avaient changé sans espoir de retour.

Dans la première décade de la dixième lune, Hidétada renonça à attaquer le château d'Uéda et, disposant une partie de ses troupes à une certaine distance autour de la forteresse, il se retira du nord de Shinano avec le reste de ses forces. Dans l'état actuel des choses, il n'y avait plus, en effet, la moindre urgence à s'emparer du château d'Uéda. Le détachement qu'il avait laissé pour envelopper le château était composé d'une partie des contingents, respectivement, de Nobuyuki, d'Ôkubo Tadachika, de Honda Masanobu et de Sengoku Tadatoshi.

La guerre n'était certes point terminée, mais ni les assiégeants, ni les assiégés n'avaient plus guère d'ardeur au combat. Pour les premiers, la chute du château n'était plus qu'une question de temps, pour les seconds, au point où en étaient les choses, la résistance n'avait plus de sens, car il était évident pour le dernier des soldats qu'il n'y avait d'autre issue que la reddition. Officier ou soldat, personne n'avait envie de sacrifier sa vie pour rien.

Chaque jour, dans les deux camps, circulaient les bruits les plus divers. Toutes les rumeurs tournaient autour du même problème, à savoir quelles seraient les conditions de la capitulation. Les Sanada, père et fils, allaient-ils d'eux-mêmes mettre fin à leurs jours ? L'affaire se terminerait-elle, grâce à l'intercession de Nobuyuki, sans qu'il y eût de victimes ? Ou bien encore, les principaux d'entre les assiégés seraient-ils tous mis à mort ? Les suppositions allaient bon train, et chacun y allait de la sienne.

Personne toutefois ne savait où était la vérité. Jour après jour, le château d'Uéda, que baignait la lumière du pâle soleil de la fin d'automne, restait plongé dans un silence que venait rompre, de temps à autre, le hennissement bruyant d'un cheval fou, galopant dans la lande qui s'étendait entre le château et le campement des assiégeants.

Dans les quartiers de ces derniers, à l'écart des attroupements, Majima Moku se chauffait au soleil de cet automne, le plus sinistre à ses yeux de tous ceux qu'il avait vécus jusque-là. Un vent glacial qui faisait voir l'envers des feuilles des buissons dispersés sur le champ de bataille parcourait l'étendue plane avec, parfois, des hurlements lugubres.

Un beau jour enfin, la garnison, épuisée par la longueur du siège, mais en bon ordre malgré tout, sortit par le portail du château d'Uéda ; c'était un matin de la onzième lune. Les assiégeants les observaient de loin. On leur avait sévèrement interdit d'approcher et, à plus forte raison, d'intervenir. Les hommes d'armes qui venaient de quitter le château furent rassemblés en un même endroit. Après qu'on les aurait soigneusement examinés, ils seraient, disait-on, incorporés dans le contingent de Nobuyuki.

Masayuki et Yukimura demeuraient invisibles. On prétendait qu'avec une dizaine de proches, ils étaient d'ores et déjà sortis du château au cours de la nuit et que, encadrés d'une solide escorte de guerriers de Tokugawa, on les avait emmenés l'on ne savait où.

La nuit suivante, le détachement de trois cents hommes qui appartenaient à Nobuyuki avait reçu l'ordre de lever le camp. D'aucuns affirmaient que la destination était Edo, et d'autres que c'était Kyôto, mais en fait aucun des soldats ne savait rien de certain.

Le lendemain à l'aube, la compagnie quittait Uéda pour prendre la route de Komoro. La majeure partie des hommes d'armes était à pied. Majima Moku était de ceux-là.

La première halte que fit la troupe fut en un hameau d'une vingtaine de feux, situé le long de la Chikumagawa, exactement à mi-chemin entre Uéda et Komoro. Aussitôt les uns s'assirent au bord du chemin, cependant que d'autres allaient dans les fermes voisines pour allumer des feux de bois dans les cours. Tant qu'on marchait, on avait chaud, mais dès qu'on s'arrêtait, il faisait froid. On était aux jours où, dans tout le nord de Shinano, s'installent les premiers froids de l'hiver.

Majima Moku était entré, seul, dans une ferme au bout du hameau, et là, il avait demandé de l'eau au maître de maison, un homme d'une cinquantaine d'années ; traversant la maison au sol de terre battue, il était ressorti par la porte de derrière et, au bord du puits, il s'était désaltéré avec délectation, puis il s'était assis sur le rebord de la partie surélevée, pour enfin s'y étendre sur le dos, les yeux au ciel.

Quand le patron lui apporta le thé, Majima Moku était déjà endormi. Lorsque, un peu plus tard, le paysan revint pour lui annoncer que la trompe venait de sonner le départ, il entrouvrit les yeux.

– M'en fous ! dit-il seulement, et déjà ses yeux s'étaient refermés.

Quand le patron revint pour la troisième fois, une petite heure s'était écoulée. Cette fois Majima Moku se releva et s'assit sur le rebord.

Et lorsque le paysan lui eut appris que la compagnie était partie et qu'il ne restait pas un seul soldat dans tout le hameau :

– Patron, ne voudriez-vous pas échanger vos vêtements contre mon accoutrement ? dit-il.

Là-dessus, il se mit à enlever pièce à pièce tout son attirail guerrier, pour le déposer sur le bord du plancher.

– Je n'ai plus besoin de mes sabres, je vous les laisse aussi !

Au moment où il disait ces mots, il n'avait déjà plus que sa ceinture de dessous. Ses muscles saillaient puissamment.

– Allez, vite, enlève ça ! dit-il.

Le paysan s'était assis à terre, tout tremblant. Il ne savait pourquoi, mais l'appréhension de ce qui pouvait advenir par la suite semblait l'avoir mis dans tous ses états.

– Espèce d'idiot ! Tu n'as rien à craindre ! Je suis un vassal de messire Sanada Izu-no-kami. Je ne suis pas de l'armée assiégée, et je ne suis pas un fuyard !

– Cela, je l'ai compris !

– Alors, enlève ça ! Rien qu'en vendant mes sabres, tu t'y retrouveras largement.

– Vous permettez que je vous pose une question ?

L'homme, tout tremblant, releva le visage :

– Pour quelle raison faites-vous une chose pareille ?

– De ce jour, j'ai décidé d'en finir avec mon état de guerrier. Parce que j'en avais marre ! Alors j'ai quitté la compagnie. De ce pas, je retourne au pays et je fais le paysan ! Çà ! enlève !

– Mais après, si on fait une enquête… ?

Majima Moku, alors, prit son air le plus sérieux.

– Je ne suis pas un si grand chef. Demain déjà, tout le monde aura oublié mon existence. Alors, tu ne veux toujours pas ?

À ces mots, le paysan se dépêcha de se déshabiller.

Majima Moku enfila les hardes de l'homme, puis il quitta la ferme. À la sortie du village, il franchit la Chikumagawa et prit un chemin qui se dirigeait vers le nord en longeant une enfilade de basses collines. À dire vrai, il ne savait où aller.

Tout à l'heure, il avait dit au patron qu'il allait retourner au pays pour faire le paysan, mais son pays, c'était Uéda. Depuis le temps de son aïeul, sa famille habitait au pied du château d'Uéda et servait les Sanada, si bien qu'il ne pouvait connaître personne ailleurs.

Majima Moku, n'en pouvant mais, allait où ses pas le portaient. Il marcha quelque dix lieues. Il franchit des montagnes, passa des vallées. Il avait aussi traversé quelques hameaux. Sa façon de marcher, les épaules hautes et à grandes enjambées, n'avait rien à voir avec celle d'un paysan. Il était arrivé à un endroit à flanc de coteau, que recouvraient les bambous nains, quand survint le crépuscule hâtif de ce début d'hiver.

Majima Moku était fatigué, aussi mangea-t-il là les boulettes de riz qu'on lui avait données dans une ferme, après quoi il s'étendit dans les bambous, pour s'endormir aussitôt.

Deux fois il se réveilla. La première fois, la lune brillait au ciel et des nuages couraient autour de l'astre. La deuxième fois, il faisait noir comme dans un four.

Quand Majima Moku se réveilla pour la troisième fois, la lueur blanchâtre de l'aube commençait à se glisser vaguement dans l'obscurité. La rosée nocturne des bambous nains avait trempé ses vêtements à les tordre, et il faisait terriblement froid.

– T'es réveillé, péquenot ?

Une grosse voix résonnait à ses oreilles. Cette voix lui fit comprendre qu'il ne s'était pas réveillé spontanément, que c'était quelqu'un qui l'avait tiré de son sommeil. Peut-être même lui avait-on cogné la tête d'un coup de pied. Il voulut voir le propriétaire de la voix, mais il ne put que deviner la silhouette d'un guerrier en armes. Il ne faisait pas encore assez clair pour qu'il pût en distinguer les traits.

Majima Moku se souleva et s'assit au milieu des bambous nains.

– Enlève tes vêtements ! Tu prendras les miens à la place ! commanda la voix.

Majima Moku resta silencieux. Et l'autre, comme s'il avait voulu le mordre :

– Allez, vite, enlève !

– Tu m'embêtes !

– Quoi ? Tu oses ?

L'autre avait eu un mouvement de rage, mais aussitôt il changea de ton.

– Bon, ça va, c'est moi qui ai eu tort. Je vais t'expliquer. Pour de certaines raisons, j'abandonne le métier des armes et je retourne au village. Dans cet accoutrement, je me sens mal à l'aise. Je voudrais donc que tu me donnes tes vêtements. Tu ne veux pas ? En échange, je te donne ce que j'ai sur le corps. Et je te donne aussi la lance et le sabre.

– D'où t'es-tu enfui ? demanda Majima Moku.

– Je ne suis pas un fuyard. Mais, bah, après tout, j'en ai bien la dégaine. Je suis un vassal de Sanada.

– Sanada ?!

Majima s'était levé d'un bond.

– Ton nom ! hurla-t-il.

Son interlocuteur, de surprise, avait fait un saut en arrière.

– Tu n'es donc pas un paysan ? dit-il, puis : Puisque tu veux savoir mon nom, je vais donc me nommer. Homme lige de messire Saémon-no-suké, je m'appelle Sugi Kakubê ! Cela dit, paysan ou pas, ce dont j'ai besoin, moi, maintenant, ce sont tes vêtements !

À ces mots :

– Sugi Kakubê ? Et moi, je suis Majima Moku.

– Quoi ? Majima ?

Surpris, l'autre avait crié cela.

– Je venais tout juste, ce matin même, d'échanger moi aussi mes vêtements avec un paysan, dit Majima Moku.

– Toi aussi ! dit l'autre, l'air incrédule.

– Moi aussi je vais me faire paysan, dit Majima.

– Toi aussi, tu veux devenir paysan, dis-tu ? Toi aussi ?

On aurait dit que ses paroles allaient s'achever en sanglots, quand son corps court et trapu, dans un élan soudain, se projeta vers Majima. Et il se mit à tapoter l'épaule, à serrer les mains de ce dernier.

Sugi Kakubê, tout comme Majima Moku, était un homme lige des Sanada, et dans le tumulte des batailles, disait-on, il maniait la lance comme personne. Il avait une méthode à lui, contraire à toutes les règles de l'art, mais la lance qu'il brandissait transperçait immanquablement la gorge de l'adversaire. Il avait tout juste dépassé la trentaine. Bien entendu, dans la guerre de siège devant le château d'Uéda, il avait appartenu à la garnison assiégée. Il était sorti du château le matin même, et peu après, il avait déserté sa compagnie.

– J'avais demandé à accompagner Monseigneur, mais on me l'a refusé. Donc, puisque je ne peux pas l'accompagner, je me fais paysan. Monseigneur sera sans doute condamné à mort. Et le château d'Uéda est perdu.

Il avait dit cela d'un ton pénétré, puis :

– Et toi, au fait ? demanda-t-il.

– Moi, j'étais avec messire Izu-no-kami (Nobuyuki), pour attaquer le château. Je me battais donc contre toi. Et j'en ai eu marre !

– Tu galopais devant, comme toujours ?

– Ça ne va pas, non ? Je ne pensais qu'à me faire paysan.

– Alors, où vas-tu comme ça ?

– Pas la moindre idée !

– Moi, je vais à Ko.izumi, mon village natal. J'ai des parents là-bas, qui sont paysans.

Entre-temps, le ciel s'était un peu éclairé.

Le visage de Sugi Kakubê était couturé de cicatrices. Au cours du siège d'Uéda, il avait, contrairement à

Majima Moku, jour après jour, saisi d'une folie meurtrière, galopé en tous sens sur le champ de bataille.

Le temps d'un clin d'œil, et cinq années déjà s'étaient écoulées.

Majima Moku et Sugi Kakubê étaient devenus des paysans dans un trou perdu du nord de Shinano, qui était le village natal de Sugi. Majima Moku était devenu Moku-san, un vrai paysan, et Sugi Kakubê était maintenant Kakubê le paysan. Tous deux, après qu'ils se furent établis au village de Ko.izumi, avaient pris femme et fondé un foyer.

Aucun des deux ne regrettait d'avoir abandonné l'état militaire pour se faire paysan. Tous deux, du reste, avaient des aptitudes pour cet état. Cultiver les champs convenait mieux à leur caractère que de sabrer des gens. Et pour l'un comme pour l'autre, le souvenir des chevauchées sur les champs de bataille n'évoquait plus qu'une sorte de lointain cauchemar.

La cinquième année depuis qu'ils s'étaient faits paysans, Nobuyuki devint châtelain d'Uéda. L'histoire de Moku et Kakubê sans doute était-elle parvenue à ses oreilles, toujours est-il qu'il leur dépêcha un messager pour les inviter au château d'Uéda. Et là, Nobuyuki leur offrit de reprendre du service dans la maison des Sanada, mais tous deux lui opposèrent un ferme refus. Nobuyuki, de son côté, n'insista guère.

Comme il leur demandait s'ils n'avaient pas quelque souhait particulier, Majima Moku répondit :

– Maintenant que j'ai eu l'honneur d'être reçu par le jeune seigneur, je n'ai plus d'autre ambition désormais que d'être reçu une dernière fois par Monseigneur Masayuki et messire Yukimura.

Sugi Kakubê dit que son souhait à lui était exactement le même que celui de Majima.

– Pour l'heure, c'est difficile. Mais si l'occasion se présente, j'informerai mon père et mon frère de votre sentiment à leur égard, dit Nobuyuki.

Masayuki et Yukimura, après la bataille de Sékigahara, avaient été condamnés et assignés à résidence dans un petit village au pied du mont Kôya, dans la province de Ki. Nobuyuki lui-même ne pouvait librement communiquer avec eux.

Quelques années encore s'étaient écoulées. Un jour, Moku vint trouver Kakubê et lui dit :

– Le bruit court que messire Yukimura, répondant à l'invitation de Monseigneur Hidéyori, aurait rallié le château d'Ôsaka, mais est-ce bien vrai ?

Il y avait dans sa voix une légère excitation qui n'y était pas d'habitude.

– Ça… ! dit Kakubê, l'air sceptique, mais avec, lui aussi, une lueur inhabituelle dans l'œil.

Dès le lendemain, tous deux se mirent à guetter chaque silhouette de voyageur, chaque apparition d'homme d'armes, pour les interroger sur ce qui se disait des Sanada, père et fils, mais sans pouvoir démêler le vrai du faux.

Ce n'est qu'après le changement d'année qu'ils surent enfin que les bruits étaient véridiques ; c'était à la saison des fleurs de prunier de l'an premier de Genna (1615), alors qu'une trêve était intervenue entre les armées de Toyotomi et de Tokugawa, et que donc les hostilités étaient interrompues.

Selon les dires du soldat qui en avait informé Moku et Kakubê, la trêve était temporaire et avant longtemps la guerre de siège à l'entour du château d'Ôsaka reprendrait de plus belle. Ce discours impressionna fortement Moku et Kakubê. La nouvelle de la mort de Masayuki à Kudoyama, quelques années auparavant, les avait, d'autre part, frappés en plein cœur.

L'envie leur était venue de revoir Yukimura, ne fût-ce qu'un instant. Mais ce n'était pas du tout le désir de courir rejoindre un ancien seigneur qui avait relevé sa bannière. Ils n'avaient nulle intention de redevenir des soldats, ni de reprendre leur place sur les champs de bataille. Simplement, l'envie de revoir un ancien seigneur qu'eux-mêmes et leurs pères et leurs aïeux avaient servi. L'envie de revoir un seigneur pour qui naguère ils eussent sacrifié leur vie sans hésiter.

– Si on allait saluer messire Yukimura au château d'Ôsaka ? dit Moku.

– Ça serait pas mal ! répondit Kakubê tout de go.

Et c'est ainsi que Moku et Kakubê quittèrent le village de Ko.izumi au cours de la dernière décade de la troisième lune.

Et quand, après avoir multiplié les étapes le long de leur route, ils arrivèrent enfin au pied du château d'Ôsaka, au début de la quatrième lune, les cerisiers déjà étaient défleuris. Les campagnards qu'étaient Moku et Kakubê regardaient avec de grands yeux l'agitation qui régnait au pied du château, et les dimensions colossales de ce dernier les laissaient pantois. Les fossés intérieur et extérieur étaient comblés, mais les remparts gigantesques à eux seuls paraissaient inexpugnables. L'espace au pied du château grouillait de soldats. Il en était qui semblaient à l'instant même revenir du combat, et d'autres, au contraire, qui, ivres de *saké*, lutinaient des femmes. Certains couraient de tous côtés d'un air affairé, et d'autres flânaient paresseusement.

À tous les carrefours s'élevaient des nuages de poussière, et dans cette poussière se déplaçaient sans cesse des petits détachements. Il y en avait qui partaient, d'autres qui revenaient l'on ne savait d'où. Femmes et enfants traînaient de gauche et de droite. Il y avait des gens qui emportaient leurs biens loin du château, et d'autres, au contraire, qui apportaient les leurs.

Toutes sortes de rumeurs circulaient, que la trêve entre l'est et l'ouest était rompue et que la guerre allait recommencer demain, mais d'aucuns affirmaient tout le contraire. Dans tout cela, seuls les bruits selon lesquels l'armée des Tokugawa était en train de se concentrer sur Fushimi avaient quelque apparence de vérité, ce qui ne laissait d'inquiéter nos deux rustauds.

Moku et Kakubê, à force de s'enquérir aux postes de garde ou aux quartiers des troupes, finirent par arriver au village d'Obasé, où se trouvait, défendu par une enceinte fortifiée, le camp de Sanada Yukimura.

Dès qu'ils se furent nommés, ils furent invités à entrer dans l'enceinte et menés devant Yukimura. Leur ancien seigneur leur parut presque méconnaissable tant il était vieilli. L'an cinq de Keichô (1600), au temps du siège du château d'Uéda, Yukimura avait dans les trente-cinq ans, et devait par conséquent friser la cinquantaine à l'heure actuelle. Il était donc naturel qu'il fût vieilli, mais il était de plus complètement décati.

Yukimura remercia les deux hommes venus de si loin pour le saluer, leur offrit le *saké*, et après les avoir traités avec tous les égards, il leur dit :

– Vous devez être fatigués, vous feriez donc mieux de passer la nuit ici, et dès demain vous pourrez reprendre la route de Shinano.

Yukimura n'avait pas souri une seule fois durant leur entretien. Les deux hommes s'étaient sentis quelque peu refroidis par l'austère prudence de leur ancien seigneur, mais quand Yukimura leur dit, tout à la fin : « Ce fut une chance rare pour Yukimura d'avoir connu Moku et Kakubê, les meilleurs des paysans du Japon ! », ces paroles leur allèrent droit au cœur. Moku se répandit en sanglots bruyants, cependant que les épaules de Kakubê, prosterné sur le plancher, étaient parcourues d'un mouvement saccadé. Ils se disaient l'un comme l'autre qu'ils avaient bien fait de venir voir leur ancien seigneur. Et aussi que, s'ils n'étaient pas les meilleurs de tous les paysans du Japon, ils en étaient, sans doute aucun, les plus heureux.

Moku et Kakubê furent donc accueillis ce soir-là au poste de garde situé dans un coin de l'enceinte de Sanada.

Selon les ordres de Yukimura, les deux hommes auraient dû repartir le lendemain matin, mais, retenus de force par les soldats, ils furent amenés à passer un jour encore à Ôsaka. Un certain nombre de ces soldats étaient, en effet, des camarades d'autrefois, et quand ils s'étaient mis à se raconter mutuellement leurs histoires, une soirée n'avait pas suffi à les épuiser toutes.

Moku et Kakubê s'étaient donc décidés à dormir une nuit encore au milieu des soldats du poste de garde.

Comme ils avaient bavardé jusque tard dans la nuit avec ces hommes, et que, de plus, ils s'étaient copieusement abreuvés de *saké*, ils sombrèrent dans un sommeil de plomb.

Au point du jour, les trompes se mirent à sonner aux armes et les tambours à battre sur un rythme insolite. Moku se leva d'un bond. Dans l'obscurité, les hommes d'armes étaient en train de se harnacher.

– Qu'est-ce qui se passe ?

La voix, empâtée par le sommeil, de Kakubê resté seul couché résonna aux oreilles de Moku.

– Ça m'a tout l'air d'une bataille !

– Une bataille ?

Kakubê se levait à son tour.

– Qu'est-ce qu'on fait ?

– Qu'est-ce que tu veux qu'on fasse ?

Quand ils eurent enfin réussi à se dégager du tourbillon désordonné des soldats, ils demeurèrent un bon moment, perplexes, dans un coin de la salle planchéiée ; Moku dit enfin :

– On pourrait peut-être leur demander des sabres ?!

– Ben ça, mon vieux !

Kakubê avait l'air plongé dans ses réflexions, et enfin, il dit :

– Si tu leur demandes un sabre, demande-leur donc aussi une lance. Moi, je suis meilleur à la lance.

Au cours des derniers combats pour la possession du château d'Ôsaka, qui furent à la lettre une réplique de l'enfer des *Ashura*, les exploits de deux guerriers portant des nattes en guise de pennons, jaillis de la troupe de Sanada, avaient attiré les yeux des deux armées.

L'un chevauchait un bai et, faisant des moulinets de son sabre, chargeait toujours en tête. La troupe des Tokugawa lâchait sur lui des salves de mousqueterie sans jamais l'atteindre.

L'autre montait un rouan et, dressé sur ses étriers comme s'il voulait s'élever au-dessus de sa monture, il brandissait une lance, intrépide et irrésistible. Lui aussi était devenu la cible de toute l'armée des Tokugawa, mais les balles le manquaient toujours.

Au terme d'une lutte meurtrière de près d'un mois, le sept de la cinquième lune, le château d'Ôsaka tomba. Du soir du sept au matin du huit, les flammes qui montaient du château incendié embrasaient le ciel de sinistres lueurs.

Le sept, vers la minuit, l'on vit arriver au camp de Sanada Kawachi-no-kami Nobuyoshi, qui commandait une aile de l'armée des Tokugawa, Majima Moku et Sugi Kakubê qui avaient réussi, l'on ne sait par où ni comment, à se tailler un chemin jusque-là. La flamme infernale de l'incendie éclairait le camp et ses alentours comme en plein jour, et sa chaleur était telle qu'elle brûlait la peau des soldats qui se trouvaient là.

Les soldats, en voyant les deux hommes couverts de blessures, qui étaient entrés bravement dans le camp, n'avaient sans doute pas imaginé un instant que ce pouvaient être des ennemis. On les mena donc devant Nobuyoshi qui était assis sur un pliant au milieu de la place. Nobuyoshi, le fils aîné de Nobuyuki, était un jeune capitaine de dix-neuf ans. Pour Moku et Kakubê, paysans de Shinano, Nobuyoshi était donc le successeur légitime de leur seigneur.

– Nous sommes des paysans du village de Ko.izumi, Moku et Kakubê, dit Moku.

Nobuyoshi regarda l'accoutrement de ces étranges paysans. Tous deux portaient des cuirasses déchiquetées, leur visage et leurs membres étaient couverts d'estafilades.

Moku narra le concours de circonstances qui les avait entraînés dans ces batailles :

– Cela dit, nous n'avons pas la moindre envie de retourner au village. Encore que vous fussiez ennemis, nous voulions simplement vous annoncer, à vous-même, messire, ou à messire votre père, la mort de messire Yukimura, votre oncle. Le hasard a voulu que nous fussions trop loin pour voir de nos yeux la fin de messire Yukimura, mais nous vous avons amené son cheval qui se trouvait à côté de son corps. Nous vous prions donc de le recevoir, dit-il.

Ainsi qu'il l'avait dit, un superbe alezan était attaché à l'entrée du camp.

Leur rapport achevé, les deux hommes se disposaient à quitter le camp sur l'heure. Nobuyoshi les rappela :

– Où allez-vous ?

– Où voulez-vous qu'on aille ? Nous allons nous trucider, répondit Moku.

– Espèces de crétins ! gronda Nobuyoshi.

C'était un jeune capitaine, certes, mais en bon héritier des Sanada, il avait une voix ferme et impérative.

– N'êtes-vous pas des paysans ? Puisque vous êtes paysans, agissez en paysans !

Moku et Kakubê s'étaient rassis à terre. Ils reçurent

donc de Nobuyoshi un sauf-conduit pour traverser le camp de Fushimi et de là retourner en Shinano.

Aucun des deux n'avait vraiment eu envie de mourir. Passe encore s'il s'était agi de mourir avec Yukimura, mais Yukimura était déjà mort, dans un combat dont ils étaient les seuls survivants, si bien que leur suicide n'avait désormais plus de sens. D'ailleurs, si l'on remettait les choses à leur place, ils n'étaient rien de plus que d'humbles paysans qui étaient venus visiter le camp de leur ancien seigneur.

Sortis du camp de Kawachi-no-kami Nobuyoshi, ce fut comme s'ils avaient été soudain délivrés d'un sortilège, et ils se mirent à marcher en traînant les pieds par les rues que la flamme infernale illuminait toujours comme en plein jour. Des cadavres de soldats étaient étendus de tous côtés. Kakubê, qui avait une plaie profonde à la hanche, fut bientôt incapable de se mouvoir. Moku le porta donc sur le dos.

– Messire Kawachi-no-kami a beau dire, on est bel et bien des fuyards d'Ôsaka. Je pense qu'il n'est pas si sûr que ça qu'on s'en tire, mais, bah, on va essayer de vivre tant qu'on sera en vie !

– Ben ça, mon vieux ! murmura, désabusé, Kakubê, toujours sur le dos de son camarade.

Grâce au sauf-conduit qu'ils avaient reçu de Nobuyoshi, les deux hommes, d'Ôsaka à Kyôto, de Kyôto à Shiga, puis par la route de la mer Orientale et le val d'Ina, arrivèrent enfin sur les bords du lac de Suwa. Ils avaient mis vingt jours.

Arrivé au bord du lac de Suwa, ce fut au tour de Moku de flancher. Sa blessure à l'épaule s'était infectée et le faisait souffrir jour et nuit. Sur les bords du lac de Suwa, ils s'étaient introduits subrepticement dans l'appentis d'une maison de paysans ; cette nuit-là, Kakubê revint en rapportant deux costumes de paysans qu'il s'était procuré Dieu sait où.

Ils abandonnèrent donc là les défroques militaires qu'ils portaient jusqu'ici, pour les échanger contre cet accoutrement rustique. Ils ne conservèrent que leurs sabres qu'ils portaient sur l'épaule, enroulés dans des nattes de paille.

Au moment de quitter l'appentis, ils décidèrent de se séparer. Ils jugeaient, en effet, que rester plus longtemps ensemble serait trop périlleux. Sur les bords du lac, d'innombrables lucioles rayaient la nuit en tous sens. Les deux hommes, debout face à face, se regardèrent un bon moment.

– Surtout ne va pas à Ko.izumi ! C'est malheureux pour la femme et les enfants, mais si on pense que messire Yukimura est mort, nos ennuis à nous ne sont qu'un petit malheur, dit Moku, en bon paysan.

– Toi non plus, ne va pas à Ko.izumi ! Tu te débrouilleras bien pour vivre quelque part, dit Kakubê à son tour.

Et les deux hommes se quittèrent, l'un allant à droite, l'autre à gauche. Kakubê traînait la jambe, cependant que Moku, qui souffrait de l'épaule, marchait cassé en deux, comme perclus de douleurs. Ils avaient ainsi l'un et l'autre tout à fait la démarche de misérables paysans.

Parmi les morts du parti d'Ôsaka, l'on chercha en vain les cadavres des deux guerriers qui arboraient des nattes en guise de pennons. Par les prisonniers, on sut que ces deux hommes étaient Majima Moku et Sugi

Kakubê, mais leurs traces s'étaient complètement perdues.

La troisième année après la bataille, fut proclamé le pardon pour les fuyards du parti vaincu, mais de longues années passèrent encore avant qu'on sût ce qu'étaient devenus Moku et Kakubê.

Moku fut découvert au bourg de Takéda en Echigo. Il s'était assuré une modeste existence comme homme à tout faire du poste de garde local. Son habileté à dresser les chevaux rétifs, qui n'était guère de sa condition, avait éveillé les soupçons et l'enquête révéla qu'il était Majima Moku. Il avait conservé ses deux sabres, enveloppés dans une natte qu'il avait attachée à une poutre sous le toit du poste de garde. De ce fait, on peut induire que Majima Moku n'était jamais devenu un vrai paysan et que son cœur, apparemment, était resté celui du guerrier intrépide qui dans toutes les batailles chargeait toujours en tête.

Il était question d'en faire un sergent d'armes à trois cents muids de pension, quand il disparut soudain du bourg de Takéda. Ce que furent ses dernières années n'est pas connu avec certitude, mais on prétend qu'il était revenu en Shinano et qu'il vécut là jusqu'à la fin de ses jours, dans le sud de la province, caché chez un neveu.

On avait appris l'histoire de Sugi Kakubê de la bouche de Majima Moku, mais en fait, terré dans une montagne proche de Matsumoto, il n'était jamais retourné au village et, l'année d'avant la découverte de Majima Moku, dit-on, il était mort de maladie.

LES SANADA ET LEURS OMBRES

Lors de la campagne d'été contre Ôsaka, le six de la cinquième lune, quelques-uns des meilleurs capitaines du parti d'Ôsaka avaient été frappés à mort, entre autres Kimura Nagato-no-kami, Yamaguchi Sama-no-suké, Susukida Hayato et Gotô Matabê. Sanada Yukimura avait, quant à lui, survécu à la bataille de ce jour-là. En pleine mêlée, il avait réussi l'exploit de rassembler les débris de l'armée vaincue. La bannière aux six deniers tantôt avançait, tantôt reculait, et sous son habile commandement, l'armée défaite s'était regroupée en bon ordre autour du château.

Venue l'heure de l'ultime retraite, la troupe de Yukimura avait assuré l'arrière-garde, et quand enfin la bannière aux six deniers flotta sur les quartiers du Tennôji, la nuit était tombée. Pour les guerriers du parti d'Ôsaka, ce fut une nuit sombre et lugubre comme la mort. De temps à autre tombait une brève averse qui cessait aussitôt ; puis, l'instant d'après, la pluie de nouveau martelait le sol.

Quand Yukitsuna, le fils aîné de Yukimura, se présenta au quartier général où son père l'avait fait appeler, l'aube du sept commençait à poindre. Il avait lui-même établi ses quartiers au pied d'un petit plateau distant de quelque deux cents pas, et il dormait là dans un coin, mais il avait été réveillé par le messager de son père. Il ne savait pas quelle heure il était, mais une partie du ciel blanchoyant était barbouillée d'un rouge sinistre. Yukitsuna savait que ce jour était celui où il mourrait au combat. Lui qui n'était encore qu'un jouvenceau de quinze ans, il était plutôt satisfait à l'idée qu'un capitaine en herbe comme lui allait rejoindre dans la mort tant d'illustres généraux.

Quand il se présenta au camp de Yukimura, celui-ci l'attendait, assis sur un pliant, mais dès qu'il aperçut Yukitsuna, il prit un air sévère que son fils ne lui connaissait pas.

– Je suis résolu à me faire tuer aujourd'hui. Quant à toi, tu vas entrer au château, et tant qu'un seul de nos hommes sera en vie, tu assureras la protection de Monseigneur (Hidéyori) et tu veilleras sur lui jusqu'à la fin. Si le château tombe, lorsque Monseigneur mettra fin à ses jours, tu l'accompagneras dans la mort ! dit-il.

Yukitsuna n'était pas du tout content de cet ordre de son père. Dans les circonstances présentes, il lui déplaisait que l'on pût croire qu'il rentrait au château parce qu'il craignait pour sa vie.

– Vos paroles sont des ordres, mon père, mais…

À l'instant que Yukitsuna ouvrait la bouche, son père se mit à rire. C'était un rire apaisé, comme s'il se sentait soulagé.

– « Ah, si j'avais deux vies ! » a-t-on coutume de dire, eh bien, à cette heure, je possède deux vies. La première, je vais la perdre aujourd'hui sur le champ de bataille ; quant à l'autre, je veux qu'elle retourne au château pour observer jusqu'au bout ce qui va se passer.

À ces mots prononcés par son père, Yukitsuna sut qu'il lui obéirait. Sous son calme apparent, il avait, en effet, perçu une violente passion et une volonté inflexible. Tout en sachant que c'était sans nul doute leur dernière entrevue, Yukitsuna fixa le visage de son père, puis, sur un bref salut, il s'en fut sur-le-champ.

Il quitta le quartier général pour entrer dans un maigre boqueteau où des soldats qui, eux aussi, étaient sûrs de mourir ce jour-là, s'étaient rassemblés par petits paquets autour de feux de bois. La nuit était complètement dissipée. Yukitsuna passa entre les soldats pour rejoindre ses propres quartiers. Il avait l'intention de retourner à son poste et de prendre congé de ses hommes, avant de se rendre au château.

Yukitsuna soudain fit volte-face. Un guerrier en armure le suivait en effet.

– Qui es-tu ? demanda Yukitsuna d'une grosse voix qui surprenait chez cet adolescent.

– Je vous escorte !

Le visage du soldat qui répondait ainsi était d'une extrême jeunesse, mais ce visage, de l'œil droit au travers de la joue, était marqué d'une large balafre. À en juger par la couleur crue de la blessure, il l'avait certainement reçue hier ou aujourd'hui. Yukitsuna sut qu'en dépit de sa forte stature, son interlocuteur devait avoir à peu près le même âge que lui.

– Qui t'a donné l'ordre de m'escorter ? Messire Saémon-no-suké ?

Yukitsuna pensait que c'était peut-être Yukimura

qui lui avait donné ce jeune guerrier pour l'accompagner au château.

– Non, c'est un ordre de mon père.

– Ton père ? qui est-ce ?

À cette question, le jeune soldat ne répondit rien. Il restait obstinément muet.

– Je n'ai pas besoin d'escorte ! Retourne au quartier !

Yukitsuna avait tourné le dos et commençait à marcher. Le jeune homme lui emboîta le pas.

– Va-t'en ! gronda Yukitsuna.

Le jeune soldat toutefois ne montrait pas la moindre velléité de s'en aller. Puisque c'était le rôle que le destin lui avait assigné, il suivrait son seigneur où qu'il aille, semblait dire son visage. Peut-être à cause de sa blessure, il avait un air buté.

Yukitsuna se remit à marcher. Mais cette fois, il ne se retourna plus. Il n'avait plus le loisir de s'attarder à ce seul jeune homme. Il ne savait pas quand commencerait la bataille, mais déjà, de temps à autre, l'on entendait des détonations.

Revenu à son campement, Yukitsuna avertit sa compagnie qu'elle serait désormais placée sous le commandement direct de Yukimura, et aussitôt il repartit pour le château. Et cette fois encore, il vit le jeune homme de tout à l'heure qui enfourchait lui aussi un cheval et se mettait à le suivre.

Yukitsuna mit son cheval au galop, et du Tennôji jusqu'à l'enceinte du camp des Sanada, il fit voler sa monture, puis il quitta cette enceinte par les arrières, et par la porte de Hirano, il pénétra dans le château. Le jeune guerrier l'avait suivi de bout en bout.

Le château était bondé d'hommes d'armes épuisés par les combats. Pris d'une vaine frénésie, ils se répandaient en gestes absurdes, se criaient des choses absurdes, et semblaient incapables de se contrôler. Cependant, quand, par la porte de Tamatsukuri, il franchit le fossé intérieur pour entrer dans la deuxième enceinte, il trouva celle-ci envahie de même, mais un certain ordre semblait y régner.

Arrivé dans la deuxième enceinte, pour la première fois Yukitsuna se retourna et dit au jeune guerrier qui ne l'avait pas quitté :

– Yukitsuna va mourir aujourd'hui. Veux-tu donc mourir aussi ?

Et le jeune homme :

– Je mourrai à votre place. Ce sont les ordres de mon père.

Alors seulement Yukitsuna comprit que le jeune guerrier était son « ombre », et que c'était à lui-même qu'il voulait se substituer.

– Mourir à ma place ?! Idiot !

– Je n'ai pas à en juger. Mon père m'a donné l'ordre de mourir à votre place, et je ne fais que m'exécuter.

Impossible de savoir qui était ce père ; mais il y avait plusieurs capitaines qui eussent été capables de concevoir un pareil stratagème.

– Bon, suis-moi !

Yukitsuna fit avancer son cheval, en louvoyant entre les soldats, jusqu'à la Porte-aux-cerisiers. De même qu'il obéissait aux ordres de son père Yukimura, de même, se disait-il, ce jeune homme obéissait à ceux de son propre père. Bien entendu, il n'avait pas la moindre intention d'accepter que l'on prît sa place.

Mais, malgré tout, la présence au milieu de tous ces vieux soldats d'un jeune homme de son âge lui mettait un peu de baume au cœur.

Devant la Porte-aux-cerisiers, Yukitsuna mit pied à terre. Il semblait que Hidéyori eût enfin décidé de se montrer, et tout l'espace de part et d'autre de la porte était couvert de guerriers en armure et de chevaux de bataille. Yukitsuna se dit que de même que le jeune soldat veillait à ne point s'éloigner de lui, de même il veillerait lui aussi à ne point s'écarter de Hidéyori. Dans cette foule compacte, il n'y avait aucun espoir de franchir la porte. Yukitsuna se résolut donc à attendre que les proches du seigneur se missent en mouvement, pour aborder Hidéyori quand il sortirait de l'enceinte intérieure, et lui transmettre les paroles de son père Yukimura.

Yukimura, dans l'après-midi du sept de la cinquième lune, du jour donc où il s'était séparé de Yukitsuna, infligea, à la bataille qui se déroulait au pied du mont Chama, des pertes cuisantes à l'armée des assaillants, et pour finir, il fut tué dans la mêlée.

À l'heure où mourait Yukimura, les maisons qui entouraient le Tennôji étaient en flammes, et la fumée des incendies rendait le champ de bataille, à l'entour, obscur comme la nuit. Les soldats d'Echizen, de l'armée de Tokugawa, que commandait Matsudaïra Tadanao, erraient, dans cette fumée, le sabre rouge de sang à la main, ainsi que des diables.

Le capitaine des lanciers d'Echizen, Nomoto Ukon, cherchait à atteindre Yukimura. Tout en faisant virevolter son cheval, il ne perdait pas des yeux l'oriflamme de Sanada et la cape d'étoffe rouge que Yukimura avait jetée par-dessus son armure, et peu à peu il se rapprochait de ce dernier. Les hommes de Sanada étaient presque tous morts, et un tout petit nombre de guerriers suivait encore Yukimura.

Nomoto Ukon soudain surgit de la fumée juste dans le dos de Yukimura.

– Nomoto Ukon, pour vous servir !

Et sur ce défi, par-derrière, il saisit Yukimura à bras-le-corps.

Le cheval se cabra. Ukon, les bras toujours enlacés autour des hanches de Yukimura, sentit son corps tranché d'un grand coup de sabre et chut au sol.

Au même instant, un nouveau guerrier saisit Yukimura par le côté. C'était un certain Nishio Ninzaémon, du même fief d'Echizen. Les deux corps, qui n'en faisaient plus qu'un, churent à terre du haut du cheval. Nishio eut le dessus et prit la tête de Yukimura, couvert de blessures et épuisé.

À peu près à l'heure où mourait Yukimura, l'armée des Tokugawa resserrait son étau autour du château. Le feu déjà jaillissait de ce dernier.

Iéyasu avait avancé son poste de commandement et, sa flamme hissée maintenant près du portail sud du Tennôji, il se disposait à ordonner l'assaut final. Visant ce quartier général de Iéyasu, une troupe surgit soudain des environs du Kôshindô. Forte de quelque trois cents cavaliers, elle arborait l'étendard aux six deniers. C'était la charge désespérée d'une harde de sangliers blessés.

Une lutte à mort s'engagea, qui se prolongea près d'une heure, mais les trois cents guerriers de Sanada tombaient l'un après l'autre. Cependant, en dépit de ces pertes, une vingtaine d'entre eux pénétra dans l'enceinte du monastère et parvint jusqu'au bord de l'étang dit Bandaï-ga-iké. C'est là qu'ils livrèrent leur ultime bataille.

Parmi ces hommes, il en était un qui avait tout l'air, aux yeux des gens des Tokugawa, d'être Yukimura. Ce casque orné de bois de cerf, cette folle témérité, ce ne pouvait être que Yukimura.

Il s'était battu jusqu'au bout. Il s'était emparé d'une lance, et chaque fois qu'un soldat de Tokugawa pointait la sienne dans sa direction, d'un coup de lance, il le désarçonnait, d'un coup de lance, il le renversait ; enfin, mettant à profit un court instant pendant lequel la troupe ennemie avait fléchi – sans doute estimait-il en avoir fait assez – il se plaça sur la berge de l'étang. Le temps de le voir plonger son sabre dans la bouche et déjà, d'un bond, il se jetait, la tête la première, dans l'étang bourbeux. La chose s'était passée le temps d'un clin d'œil. Quand les regards des soldats de Tokugawa s'étaient portés sur l'étang, les eaux fangeuses de celui-ci avaient déjà englouti l'homme.

Au soir de cette journée, Nishio Ninzaémon apporta la tête coupée de Yukimura, enveloppée dans la cape d'étoffe rouge, au quartier général de Iéyasu au mont Chama.

Comme la nouvelle de la mort de Yukimura était déjà parvenue au quartier général, l'entrée de Nishio souleva un véritable tumulte. Les cris de guerre des hommes qui montaient à l'assaut de la seconde enceinte du château d'Ôsaka, apportés par le vent sans doute, résonnaient comme s'ils avaient été tout proches, et les ténèbres qui s'étendaient à l'entour du camp étaient de temps à autre éclairées comme en plein jour par les flammes qui consumaient le donjon. Iéyasu était assis au milieu et quelques dizaines d'officiers étaient rangés à sa gauche et à sa droite.

Quand la tête de Yukimura fut présentée à Iéyasu, on entendit un murmure ici et là dans le rang :

– Bien jeune !

Yukimura devait avoir quarante-neuf ans déjà, mais la tête coupée n'en paraissait que quarante à peine.

Iéyasu fit montrer la tête à Sanada Oki-no-kami qui appartenait au clan. Sanada Oki-no-kami regarda longuement la tête, la regarda encore et encore, puis il dit :

– Comme il est défiguré par la mort, je n'oserais me prononcer avec certitude.

À ce discours, le visage de Iéyasu changea de couleur et trahit une extrême contrariété. Enfin, sans avoir adressé la parole à Sanada Oki-no-kami, il lança à Nishio ce seul mot :

– Beau travail !

Et, alors que Nishio, flatté dans son orgueil, allait se retirer, Iéyasu le rappela et l'interrogea sur les circonstances dans lesquelles il avait abattu Yukimura.

– J'observais depuis un bon moment un capitaine – je ne savais qui il était – qui, armé d'une hallebarde, galopait de tous côtés en soulevant un nuage de poussière. Là-dessus, je l'ai vu se débarrasser de l'un des nôtres qui l'avait saisi à bras-le-corps, et je l'ai attaqué par le côté. Nous avons échangé des dizaines de coups de sabre, mais comme il était épuisé par les combats et que j'étais moi-même frais et dispos, j'ai, pour finir, eu raison de lui.

Voilà ce que déclara Nishio. Il avait mis quelque emphase dans son récit. Le visage de Iéyasu avait à vue d'œil changé de couleur.

– Un homme qui serait Yukimura, et qui aurait engagé le fer avec quelqu'un de ta sorte ? Tu ne connais rien à l'art de la guerre !

Puis un ordre tomba :

– Hors de ma vue !

Personne dans l'assistance n'eût su dire si Iéyasu avait admis ou non que cette tête fût bien celle de Yukimura.

Ce soir-là, plusieurs têtes encore furent apportées, dont on affirmait que c'était Yukimura. Mais chaque fois, il était évident à première vue qu'il ne s'agissait pas de la tête de ce dernier.

La tête du guerrier des Sanada qui s'était jeté dans l'étang de Bandaï-ga-iké au Tennôji ne fut point présentée à Iéyasu. Quand on l'avait retiré de l'étang, on s'était aperçu, en effet, qu'il s'agissait d'un homme beaucoup plus âgé que Yukimura.

Vers les cinq heures de l'après-midi du sept, les forces de Tokugawa avaient pénétré dans une partie de la seconde enceinte du château d'Ôsaka. Il s'en suivit une mêlée confuse dans le château. Certains se battaient contre les assaillants qui exerçaient une pression de plus en plus forte, d'autres mettaient fin à leurs jours dans la salle aux mille nattes, d'autres enfin, assis sur la muraille qui séparait la seconde enceinte de l'enceinte principale, s'ouvraient le ventre dans les règles.

Seule l'enceinte principale n'était pas encore tombée, et cela de justesse, entre les mains de l'ennemi, mais déjà l'incendie s'y propageait. Vers la minuit, les coups de boutoir des assaillants avaient cessé. Un silence sinistre avait envahi la dernière enceinte. Quelques-uns, qui n'avaient pas encore perdu leur ardeur au combat, sommeillaient, assis à même le sol, la lance au bras ; d'autres profitaient du répit pour hâter leur propre mort. Il y avait aussi des petits groupes qui, se faufilant dans l'ombre de la nuit, cherchaient à s'échapper du château. Au point où on en était arrivé, nul ne songeait plus à blâmer qui que ce fût, et ce, quoi qu'il fît. Chacun était livré à lui-même, libre d'agir comme bon lui semblait.

Yukitsuna défendait la porte principale que l'ennemi n'avait pas réussi à franchir encore, mais dès que les assauts se furent calmés, il envoya aux nouvelles le jeune homme qui depuis le matin ne l'avait pas quitté d'une semelle. Il voulait savoir ce qu'il était advenu de Hidéyori. Il ignorait totalement, en effet, ce qui pouvait s'être passé dans l'enceinte principale.

Sans s'en rendre compte lui-même, Yukitsuna s'était endormi le dos à la muraille près de la porte. Son sommeil était léger, et de temps en temps, il ouvrait les yeux. Le sol était couvert de guerriers affalés les uns sur les autres. Certains étaient morts, d'autres étaient endormis. Les flammes de l'incendie jetaient des lueurs rougeâtres sur les visages de ces guerriers écroulés, souillés de poussière, et une pluie de cendres se répandait à l'entour.

Yukitsuna fut réveillé par le jeune guerrier qui le secouait.

– Le donjon s'est effondré dans l'incendie, aussi Monseigneur (Hidéyori) s'est-il transporté dans le bastion d'Ashida. Il paraît qu'on négocie avec l'ennemi pour qu'il ait la vie sauve.

Tel fut le rapport du jeune homme.

– Au point où nous en sommes… ! s'écria Yukitsuna.

On venait de lui dire que le donjon s'était effondré, et, en effet, la lumière des flammes qui éclairaient les lieux avait baissé, et le craquement des poutres éclatées que l'on entendait tout à l'heure encore s'était affaibli de même.

– Au point où nous en sommes… ! répéta Yukitsuna.

Cependant, la chose n'était pas impensable. Dans le cas présent, elle était même tout à fait plausible. À supposer donc que l'on trouvât une solution qui permît à Hidéyori d'avoir la vie sauve, ce serait sans nul doute une bonne chose pour la maison du seigneur.

– Ils sont tous en train de se sauver par la porte d'Aoya. Allons, sans perdre un instant… !

– Tu me dis de fuir ?

– Je suis là pour prendre votre place. À supposer même que Monseigneur ait la vie sauve, cela ne vaudra que pour Monseigneur et lui seul.

Il était évident, en effet, que si Hidéyori était épargné, cela ne vaudrait que pour le seul Hidéyori. Ce n'était toutefois pas pour autant que lui, Yukitsuna, allait s'enfuir du château.

– Je te sais gré, mais la fin du château sera celle de Yukitsuna. Du reste, nul ne sait encore quel sera le sort de Monseigneur. Si on ne réussissait pas à sauver la vie de Monseigneur, je serais obligé de l'accompagner dans la mort, dit Yukitsuna.

Au même moment, une mousquetade éclatait, tout près. Les soldats endormis se levaient d'un bond et couraient à la porte principale. Les détonations se suivaient, des cris de guerre jaillirent. L'assaut recommençait.

Bientôt la défense de la porte cédait et les hommes commençaient à refluer. Yukitsuna lui aussi, sous la poussée de tous ces gens qui battaient en retraite, recula précipitamment. Il était impossible de résister à leur pression.

– À la porte d'Aoya ! à la porte d'Aoya ! criait le jeune soldat qui courait au côté de Yukitsuna.

Arrivé à la Porte-aux-cerisiers, il constata que l'endroit était devenu un enfer. Les troupes de Tokugawa, entrées par la porte de Tamatsukuri, ferraillaient de toutes parts avec les assiégés qui leur opposaient une résistance désespérée.

– Taillez-vous un chemin jusqu'à la porte d'Aoya et sauvez-vous ! Je me charge du reste !

Ce furent les derniers mots que Yukitsuna entendit de son jeune compagnon. Un groupe ennemi, irrésistible comme une avalanche, les avait définitivement séparés.

Yukitsuna aperçut encore le jeune homme qui, tout en ferraillant avec deux soldats ennemis, montait sur le haut de la muraille, mais lui-même, à ce moment-là, entrait, en balayant l'espace de droite et de gauche à grands coups de sabre, à l'intérieur de l'enceinte centrale déjà ravagée par l'incendie. Il lui fallait à tout prix rejoindre Hidéyori dont on disait qu'il était dans le bastion d'Ashida.

C'est dans la cour de ce bastion que Yukitsuna se tua, environ deux heures plus tard. Après que Hidéyori se fut donné la mort et que dame Yodo, sa mère, fut tombée sous le glaive d'Ogino Dôki, Yukitsuna, se conformant aux ordres de son père, suivait dans la mort son seigneur Hidéyori.

Yukitsuna, au moment de se tuer, était sorti dans la cour pour éviter l'intérieur du bastion où les cadavres des guerriers qui l'avaient devancé étaient répandus partout. Mais la cour, elle aussi, était remplie de corps inanimés. En désespoir de cause, Yukitsuna dégagea un espace pour poser ses pieds, et c'est debout qu'il allait plonger l'arme dans son ventre.

– Si vous enleviez vos cuissards ? dit une voix tout près de lui.

Celui qui lui avait donné ce conseil était un vieux guerrier.

– J'ai entendu dire qu'un capitaine n'enlevait pas ses cuissards pour s'ouvrir le ventre. Or je suis le fils aîné de Saémon-no-suké, donc une manière de capitaine. Point n'est donc besoin que je retire mes cuissards.

Après quoi, Yukitsuna raffermit le sabre dans sa main pour le plonger dans son corps. Hidéyori s'était tué, Yukimura, son père, était mort au combat, il ne laissait donc rien ni personne qu'il dût regretter. C'est alors que soudain vint flotter devant ses yeux le visage balafré du jeune guerrier qui avait voulu être son ombre. Sans doute était-il mort d'un coup de sabre, là-haut sur la muraille de la Porte-aux-cerisiers, mais quoi qu'il en fût, Yukitsuna ne lui avait finalement pas demandé de quelle famille il était, et cela, songeait-il, allait être son seul et ultime regret.

La campagne d'été contre Ôsaka avait eu pour conséquence la destruction totale de la maison des Toyotomi et le pouvoir absolu des Tokugawa, mais pour ce qui est de la fin de Yukimura, toutes sortes de bruits coururent.

Il avait été admis que Yukimura était mort à la bataille du Tennôji, de la main d'un guerrier d'Echizen, Nishio Ninzaémon, mais le fait que Nishio, l'auteur de cet exploit, n'avait en fin de compte pas été récompensé semble bien avoir été à l'origine de tous ces bruits. Le fait aussi que l'on avait présenté un peu trop de têtes coupées en les attribuant à Yukimura ne pouvait manquer de faire naître le doute et de susciter les hypothèses les plus fantaisistes sur la mort de Yukimura.

Vers les années trois ou quatre de Kan.ei (1626-27), soit douze ou treize ans après la campagne d'été contre Ôsaka, il circulait une version que l'on donnait pour plus vraisemblable que les précédentes.

C'est à savoir que Yukimura ne serait pas mort au château, qu'il se serait échappé juste avant la chute de ce dernier, qu'il se serait enfui au fin fond des montagnes de Kumano, dans la province de Ki, et qu'il y vivrait encore. Et l'on ajoutait que chaque année un certain guerrier lui apportait là de l'or et des provisions. À l'origine de cette histoire était une femme d'une soixantaine d'années, l'épouse d'un sergent d'armes parfaitement inconnu, d'Edo, dont le mari était mort cette année-là.

Cette femme, depuis longtemps, s'était proposé d'interroger un jour son époux sur le fait que, chaque année à la première lune, celui-ci quittait Edo en compagnie d'un autre homme d'armes, du nom de

Tamagawa, pour faire, par procuration, des pèlerinages à Isé ; or, la nuit qui précédait leur départ, ce Tamagawa venait le trouver à chaque fois, et les deux hommes tenaient jusqu'à l'aube de mystérieux conciliabules. Et puis, quand ils étaient partis, ils revenaient toujours avec un retard de sept ou huit jours sur les autres pèlerins. Elle ne savait rien de précis, car son époux n'en avait jamais dit un mot, mais tout cela était bien suspect. Passe encore si ç'avait été une ou deux fois, mais ce manège s'était poursuivi pendant neuf ans.

Au printemps de cette année-là, le sergent son mari était trépassé, mais alors qu'il était sur son lit de mort, la femme lui avait remontré qu'il ne devait rien cacher à une épouse qui avait vécu avec lui des dizaines d'années durant, et elle l'avait prié de lui conter, sans rien en dissimuler, ce qu'il faisait à Isé. Et le sergent son époux lui avait alors, sous le sceau du secret, conté l'histoire que voici.

À la vérité, chaque année, achevé le pèlerinage d'Isé, il s'était rendu au fin fond des montagnes de Kumano dans la province de Ki. Il y était allé année après année, neuf ans durant, mais comme à chaque fois le chemin était différent, il eût été bien en peine de dire précisément où cela se trouvait. Quoi qu'il en fût, c'était au fond d'une montagne à l'écart de toute présence humaine, il y avait là une grotte où vivait un vieil homme aux cheveux blancs. La première fois qu'il y était allé, on l'avait fait attendre à l'extérieur de la grotte où Tamagawa était entré seul, pour n'en ressortir que le lendemain matin. L'annéc suivante et chaque année depuis lors, du quinze à la fin de la première lune, il avait ensuite, en compagnie de Tamagawa, rendu visite à la grotte du fond des montagnes de Kumano. Ce qu'ils apportaient là était une boîte à lettres scellée. Sur la boîte était écrit le caractère « haut », et elle pesait le poids d'environ dix pièces d'or.

À chaque fois, ils étaient allés à l'entrée de la grotte, et le vieillard en était sorti ; il prenait la boîte de la main de Tamagawa et l'emportait dans la grotte. Au bout d'un moment, il reparaissait et lui rendait la boîte vide. La suscription de la boîte à lettres consistait en un seul mot : « respectueusement ». Lui-même avait songé à demander à Tamagawa qui était ce vieillard, mais les années avaient passé, et Tamagawa était mort sans que finalement il l'eût interrogé. Il s'était lui-même demandé si le vieil homme n'était pas Sanada Yukimura, mais c'était là une supposition toute personnelle.

Après avoir raconté cette histoire, le sergent avait rendu l'âme.

Telle était donc l'origine de la légende selon laquelle Yukimura vivait encore dans les montagnes de Kumano. Le sergent en question étant mort, et le nommé Tamagawa qui emmenait avec lui ce sergent étant mort, lui aussi, six mois avant ce dernier, il devenait impossible de vérifier cette histoire.

À peu près au même moment que la précédente, une autre version de la survie de Yukimura s'était répandue. Celle-ci était sortie de la bouche d'une nonne du Kudoyama. L'année d'après la chute du château d'Ôsaka, deuxième de Genna (1616), et chaque année par la suite, à la première lune, un fier guerrier dont nul ne savait la province, arrivait au Kudoyama et là se rendait à la tombe de Masayuki, le père de Yukimura, après quoi il visitait les vestiges de la maison qu'avait habitée Masayuki ; enfin, il descendait de la montagne pour aller passer une nuit dans une maison du village de Kudoyama qui avait des liens avec les Sanada, et le lendemain, il repartait. Il vint de la sorte neuf années, mais à partir de la dixième, il ne se montra plus. À en juger par son allure et ses manières qui n'étaient point vulgaires, il eût pu s'agir de Yukimura.

Personne ne savait dans quelle mesure on pouvait accorder crédit à ce genre de racontars concernant Yukimura. Cette sorte d'histoires toutefois ne suscitait plus grand intérêt. On était loin désormais des troubles et des guerres, et pareilles rumeurs ne pouvaient plus exercer une influence pernicieuse sur les esprits ; et quand bien même Yukimura aurait été réellement vivant, cela n'avait plus guère de sens maintenant.

Vers la même époque, les enfants de la région de Kyôto et d'Ôsaka chantaient une chanson qui disait :

Monseigneur Hidéyori pareil à une fleur
Sanada pareil à un diable l'a mené
tout loin là-bas jusqu'à Kagoshima

Le sens de la chanson était donc que Yukimura se serait retiré à Kagoshima avec Hidéyori. Comme il était établi sans conteste que Hidéyori s'était tué, la chanson n'était qu'un non-sens, mais elle n'en avait pas moins fait fureur parmi les garnements de la Ville. La chanson était évidemment fondée sur la légende selon laquelle Yukimura n'avait peut-être pas été tué lors de la chute du château d'Ôsaka.

Cependant, une dizaine d'années plus tard, l'an quinze de Kan.ei (1638), une nouvelle légende eut cours dans la région de Kyôto et d'Ôsaka. Cette fois, il ne s'agissait plus de Yukimura, mais de son fils aîné Yukitsuna.

Yukitsuna, au moment de la chute du château d'Ôsaka, s'était donné la mort dans la cour du bastion d'Ashida, et un corps avait été formellement identifié comme étant le sien, ce qui, jusque-là, n'avait pas laissé de place pour une pareille légende concernant Yukitsuna. Mais sans que l'on sût d'où ils venaient, des bruits couraient ici et là :

– Il paraît que Sanada Yukitsuna est vivant…

Ou encore :

– Yukitsuna doit avoir dans les quarante ans, mais ses cheveux sont tout blancs, alors il paraît qu'il a l'air d'un vieillard de soixante ans…

L'année précédente justement s'était produit le soulèvement de Shimabara, et c'était donc un moment où le gouvernement du *shôgun* était un peu préoccupé par l'état des esprits. Or, à l'occasion d'une tournée d'inspection effectuée dans sa circonscription par Nagaï Naomasa, qui venait d'être nommé à Kyôto comme contrôleur des cinq provinces du centre, ce dernier avait eu vent, par des gens du cru, des bruits selon lesquels un personnage qui pouvait être Yukitsuna vivait caché au Kudoyama dans la province de Ki, et comme, par acquit de conscience, il en avait référé à Edo, ces rumeurs y trouvèrent quelque consistance. Les temps étant ce qu'ils étaient, le gouvernement d'Edo donna ordre à Itakura Suô-no-kami, prévôt de Kyôto, de faire une enquête sur ce personnage.

Bientôt on présentait à Itakura Suô-no-kami un homme aux cheveux blancs, et qui à première vue pouvait avoir dans les soixante ans.

Itakura avait la réputation d'être un bon prévôt ; alors âgé de cinquante-deux ans, c'était un guerrier intelligent et généreux. Comme il avait reçu des instructions d'Edo, il procéda lui-même à l'interrogatoire. Itakura, bien entendu, ne croyait pas à la survie de Yukitsuna. Ce n'était pour lui qu'une simple question de routine ; puisqu'on lui avait demandé de faire une enquête, il faisait son enquête.

– Quel est ton nom ?

L'homme, toutefois, ne répondit point. Depuis le début, il avait adopté une attitude narquoise. Son visage était balafré d'une longue cicatrice. C'était la trace d'un coup de sabre descendant de l'œil droit au travers de la joue.

– Ton âge ?

À cette question de même, l'homme resta enfermé dans un silence obstiné.

– Quel métier fais-tu ?

– Je fais du charbon et je chasse.

– Avant cela tu étais soldat, n'est-ce pas ?

– C'est cela !

– Tu es un fugitif d'Ôsaka ?

– C'est cela.

– Même si tu es un fugitif d'Ôsaka, beaucoup d'années ont passé depuis et tu ne risques plus rien. Tu peux répondre en toute tranquillité.

Après ce préambule, Itakura reprit :

– Si je t'ai fait comparaître aujourd'hui, la raison en est celle-ci. Quelqu'un t'a dénoncé en prétendant que tu étais Yukitsuna, le fils aîné de Yukimura. Si tu veux bien déclarer que c'est faux, je me contenterai de ton affirmation.

L'homme alors fit cette réponse étrange :

– Si vous croyez que je suis Yukitsuna, libre à vous de le croire, je n'y vois aucun inconvénient.

– À en juger par ton âge, il n'est pas si facile de croire que tu sois Yukitsuna. Yukitsuna avait quinze ans au moment de la chute du château d'Ôsaka. S'il vivait encore, il aurait donc trente-neuf ans.

À ce moment, l'homme soudain éclata de rire.

– Pour les fugitifs d'Ôsaka, toutes ces années ont compté triples. Ce qu'il en coûte de vivre en se cachant des mouches, ceux-là seuls qui l'ont éprouvé peuvent le comprendre. Yukitsuna aurait trente-neuf ans, dites-vous, mais s'il vivait encore, il aurait les cheveux blancs et il en paraîtrait soixante.

Itakura était persuadé que cet homme n'était pas Yukitsuna, mais cette façon qu'il avait de répondre le mettait dans l'embarras.

– Donc, admettons, veux-tu, que tu sois Yukitsuna. Mais s'agissant de Yukitsuna, le cas n'est plus le même que pour n'importe quel autre fugitif, et qui sait quelle décision sera prise à ton égard ? Puisque c'est ta vie qui est en jeu, réponds sincèrement et dis-moi la vérité ! Dois-je considérer que tu es bien Yukitsuna ?

Itakura avait dit cela d'un ton amène. La réponse de l'homme sonna comme un défi.

– S'il vous plaît de me tenir pour Yukitsuna, tenez-moi pour Yukitsuna et ce sera parfait. Je ne tiens pas le moins du monde à la vie. En tant que Yukitsuna, j'aurais dû mourir au château d'Ôsaka, alors ce ne sera jamais qu'un retard de vingt-trois ans.

Itakura Suô-no-kami eut beau le questionner de toutes les manières, jamais l'autre ne voulut reconnaître qu'il n'était pas Yukitsuna. Il se contentait de dire, sur tous les tons, qu'il se moquait éperdument d'être pris pour Yukitsuna.

Itakura, quant à lui, était fort embarrassé et ne savait quelle décision prendre à l'égard d'un individu si étrangement tortueux. Il s'était demandé s'il n'avait pas l'esprit dérangé, mais ses réponses sur tous les autres points ne permettaient en aucune façon de penser qu'il en était ainsi. Itakura comprenait parfaitement qu'un fugitif qui avait vécu de longues années en se cachant des regards pût avoir l'esprit tordu, et il en ressentait le côté pathétique.

Ce personnage, qui refusait obstinément d'admettre qu'il n'était pas Yukitsuna, fut donc condamné à mort et sa tête fut exposée à Awataguchi ; c'était vers la fin de cette année-là. Sur un panneau on pouvait lire cet avis :

« Condamné pour complicité avec Sanada Saémon-no-kami et déclarations mensongères. »

Il avait donc été exécuté sans que, jusqu'à la fin, personne eût jamais cru qu'il pût être Yukitsuna.

LES BRASIERS

Tada Shinzô avait été fait prisonnier au beau milieu des rizières, au nord d'un hameau du nom d'Ômi. La route qui coupait au travers de la plaine de Shidara, le champ de bataille de ce jour-là, se dirigeait vers le nord en longeant la Takigawa, et c'est sur cette route que Shinzô, parfaitement conscient du danger, marchait d'un bon pas, le sabre rouge de sang à la main.

Shinzô était seul, bien entendu. À dire vrai, il s'était trouvé seul dès dix heures du matin, heure à laquelle l'issue du combat était incertaine encore. La bataille de ce jour s'était engagée à cinq heures du matin, pour s'achever vers les trois heures de l'après-midi ; dix heures était donc le point culminant de la bataille, et pourtant, dès ce moment-là, Shinzô avait été tout seul. Au premier choc, il avait perdu la vingtaine d'hommes qu'il commandait, après quoi il avait, toujours seul, galopé en tous sens sur le champ de bataille, jusqu'à l'instant où la défaite de son parti ne laissait plus de doute.

Quand Tada Shinzô fut pris, il était tout nu, à l'exception d'une ceinture de dessous en crêpe rouge. Curieusement, les soldats d'Oda qui l'avaient encerclé, au lieu de chercher à l'abattre, s'étaient mis à lui lancer des morceaux de bois ou des pierres, en attendant qu'il fût à bout de forces ; et pour finir, ils lui avaient jeté sur la tête une natte et l'avaient fait prisonnier.

L'aspect de Tada Shinzô prisonnier n'était rien moins que reluisant. Sur son corps massif de près de six pieds, les muscles faisaient saillie comme autant de bosses, mais n'empêche qu'il était tout nu, avec tout juste une ceinture rouge.

Il se retrouvait ligoté, les deux bras le long du corps, avec une corde grossière qui en faisait plusieurs fois le tour. Seule restait dégagée sa main droite, de la deuxième phalange au poignet. De cette main, à laquelle on avait concédé une liberté toute relative, Shinzô tenait serrée la poignée de son sabre dégainé dont la lame reposait sur son épaule. Bref, vêtu d'une ceinture rouge, une énorme rapière sur l'épaule, il allait, traîné par le bout de la corde.

Le vent qui parcourait la plaine par laquelle on le menait avait une odeur d'abattoir. De tous côtés gisaient des cadavres de guerriers de Takéda tués au combat, sur lesquels le soleil couchant de ce jour d'été répandait ses dernières lueurs.

Quelle histoire absurde ! Pouvait-on appeler cela une bataille ?

L'impression qui tout au long de cette journée s'était imposée à l'esprit de Shinzô n'avait rien perdu de sa virulence. Ce n'était ni l'abattement d'un vaincu, ni la honte ou la peur de qui s'est fait prendre. Ce qu'il éprouvait, c'était le sentiment étrange que ce combat extravagant avait abouti à cet extravagant résultat que tous ceux de son parti étaient morts, et que lui seul avait survécu.

Les cadavres des gens de guerre qui jonchaient la plaine qu'il traversait ne ressemblaient pas à ceux qu'il avait vus jusque-là. Leur aspect n'était pas celui de gens qui, épuisés d'avoir frappé, frappé, frappé avec rage, étaient tombés morts, frappés à leur tour. Tous avaient l'air d'avoir subi une mort bizarre, avant d'avoir compris ce qui leur arrivait. Les uns et les autres, tous tant qu'ils étaient, avaient été cueillis par les balles des arquebuses. Il en était même qui n'avaient pas dégainé encore. Les visages de tous ces morts étaient hideux.

Quelle histoire absurde ! Pouvait-on appeler cela une bataille ?

Voilà pourquoi Tada Shinzô, quand lui-même se retrouvait prisonnier dans cet étrange appareil, se sentait parfaitement indifférent. Il n'éprouvait ni honte, ni peur, ni regret.

Marchant d'un pas lourd, comme si, malgré lui, il portait de mauvaise grâce son corps massif, de temps à autre, il regardait autour de lui et clamait :

– De l'eau !

– Et puis quoi encore ?

Les soldats d'Oda ne voulaient rien entendre.

– Tu es prisonnier, alors tâche de marcher droit !

– Bande d'abrutis, comment voulez-vous que je marche droit ?

De temps en temps, Shinzô éclatait d'un rire strident qui faisait sursauter les soldats d'Oda qui l'entouraient. C'était un rire irrépressible qui jaillissait de ses entrailles.

– Tu es cinglé ? dit quelqu'un.

Et Shinzô tourna le visage dans la direction de la voix :

– Cinglé ? Espèce de crétin ! tout cela est complètement idiot ! et puis, ç'a l'air de quoi, cette bataille ?

Shinzô marchait en enjambant les cadavres des gens de guerre de son parti qui gisaient sur la route ; parfois il trébuchait dessus.

Lorsque toutefois il parvint à la palissade qui protégeait le camp des armées coalisées d'Oda et de Tokugawa, à l'endroit où ce jour-là le feu concentré des arquebuses ennemies avait arrêté net la charge de la cavalerie de Takéda pour en faire, à la lettre, une montagne de cadavres, Shinzô soudain poussa un long hurlement. Sur son visage souillé de poussière, des larmes noirâtres traçaient plusieurs sillons.

À chaque pas qu'il faisait vers la palissade, les cadavres se faisaient plus nombreux. Tous étaient des guerriers de Takéda. L'angoisse qui, à plusieurs reprises, avait étreint la poitrine de Shinzô à l'heure de la bataille, se ranimait à présent comme une flamme.

Shinzô lui-même, il ne savait combien de fois, s'était lancé contre cette palissade. Il avait éperonné son cheval. La palissade était haute. Il avait voulu mettre pied à terre et en arracher les pieux. Et non seulement Shinzô, mais des milliers de valeureux guerriers de Takéda en avaient agi de même. Et à chaque fois, le feu des arquebuses avait éclaté, ébranlant de son tonnerre ciel et terre. Maintes et maintes fois, la même chose s'était reproduite, et la cavalerie de Takéda, dans sa presque totalité, s'était ainsi brisée sur cet obstacle.

Arrivé devant la palissade, Shinzô ne bougea plus et se laissa glisser à terre. Et le prisonnier nu, porté par les gens de guerre d'Oda, qui le tenant par la jambe, qui par le bras, fit son entrée dans l'enceinte délimitée par une triple palissade.

Celle-ci grouillait de soldats, d'Oda ou de Tokugawa, ennemis en tous cas. Ici une petite troupe était assise en plein champ, ailleurs un détachement se déplaçait en bon ordre comme pour gagner une nouvelle ligne de combat. Certains, tout nus, se lavaient dans la rivière, d'autres charriaient des fûts de *saké*.

De temps à autre, d'énormes éclats de rire frappaient les oreilles de Shinzô que l'on portait le visage tourné vers le ciel. Shinzô savait que ces rires s'adressaient à lui. Et pourtant, ils n'éveillaient le moindre écho en son cœur.

Soudain on le jeta au sol. Son corps roula deux ou trois fois sur lui-même, avant d'être arrêté par la racine d'un pin.

– Passez-moi mon sabre ! hurla Shinzô.

Quelqu'un lui jeta le sabre nu, qui tomba à son côté.

Un rire plus puissant encore que les rires qui avaient frappé son oreille cependant qu'on le transportait vint envelopper Shinzô.

Les lazzis pleuvaient comme des cailloux, sur son étrange accoutrement, sur sa pitoyable figure.

– Au fait, pourquoi avez-vous pris et ramené ce misérable coquin ?

– Pour rien, parce qu'il est drôle ! On en fera la viande pour accompagner le *saké* de la victoire, ce soir !

– Soit, mais alors, pourquoi est-il tout nu ?

– Sans doute parce qu'il avait trop chaud !

– Et quand on aurait trop chaud, en pleine bataille, quelle idée de se mettre nu !

Telles étaient les bribes de conversation qui

parvenaient à Shinzô. Comme il était maintenant étendu face contre terre, il ne pouvait apercevoir le visage de ceux qui parlaient. Mais à en juger par l'énorme brouhaha de rires et de paroles, il était évident qu'il était entouré d'au moins vingt ou trente de ces soudards.

Et puis soudain, comme le flot qui reflue, les hommes d'armes s'étaient retirés pour s'en aller il ne savait où. Le dernier d'entre eux, avant de partir, lui avait entravé les pieds. Shinzô restait seul. Se trouver ainsi ficelé et jeté dans un coin était fort désagréable certes, mais il ne se sentait pas réellement humilié.

Bientôt Shinzô sombrait dans le sommeil. Il était à bout de forces.

Combien de temps avait-il dormi ? La tête ébranlée par un vigoureux coup de pied, Shinzô s'était réveillé.

– Dis ton nom !

En même temps, une flèche de lumière projetée par une lanterne avait éclairé le sol. Shinzô distingua, sous ses yeux, des brins d'herbes sauvages, des cailloux, de la terre rougeâtre.

– Dis ton nom !

– Qui pourrait parler dans cette position ? Relève-moi !

L'instant d'après, le corps de Shinzô était redressé sans ménagement par les mains de deux ou trois hommes. Pour Shinzô, délivré enfin de la position pénible dans laquelle il s'était trouvé si longtemps, ce fut un soulagement. Toujours ligoté, il était maintenant adossé au tronc du pin. Cette fois la lumière de la lanterne l'éclairait en plein visage.

– Décline ton nom !

– Je suis Tada Shinzô. Shinzô, le fils de Tada Awaji-no-kami !

– Tada Awaji-no-kami ? Ça existe, ça, coquin ? Jamais entendu ce nom-là !

– Ça me ferait mal que des gens de votre espèce le connaissent ! Il suffit de nommer Tada Awaji-no-kami de Mino pour que tout homme averti sache à quoi s'en tenir !

– De Mino ? Toi ?

– Eh oui !

– Si tu es de Mino, tu es donc au service des Takéda ?

– Quel mal y a-t-il à les servir ?

– Maraud !

Deux ou trois coups de pied, et Tada Shinzô derechef était abandonné à lui-même, tout seul.

Les ténèbres qui recouvraient l'endroit où il se trouvait étaient épaisses, mais çà et là, dans la plaine, on avait allumé des brasiers. Ce qui donnait à cette nuit un aspect insolite. Il y avait des brasiers par dizaines. Et près de ces feux l'on festoyait, semblait-il, pour célébrer la victoire ; pareils à la rumeur confuse que produisent les remous des flots, les appels et les clameurs d'une multitude de gens lui parvenaient curieusement atténués. De plus près, le vacarme devait être assourdissant, mais de loin, le bruit avait des résonances étrangement poignantes.

Mais au fait, que s'était-il accompli ce jour-là ?

Shinzô avait cherché à se remémorer tel ou tel incident qui s'était produit sur le champ de bataille, mais il ne parvenait pas à se persuader de leur réalité. Était-il possible que de pareilles choses se soient produites ?

Possible que la formidable armée de Takéda, tous ces cavaliers avec leurs longues lances, aient été anéantis de cette façon-là ? Et pourtant les forces de Takéda avaient été effectivement brisées, et les gens de guerre, pour la plupart, étaient morts.

Capitaines et soldats, forts ou faibles, au feu des arquebuses dont le tonnerre ébranlait ciel et terre, tous les fiers guerriers de Takéda, tous avaient chu de leur monture, cul par-dessus tête, pour expirer sans même avoir pu rompre une lance avec l'ennemi. Qu'était-ce donc qui s'était accompli là ? Qu'était-ce donc que cela ?

Shinzô ne s'affligeait de la mort de personne en particulier. Eût-il du reste éprouvé la moindre affliction, que cela ne l'eût mené à rien. Comme des lambeaux d'un rêve en plein jour, les péripéties de cette bataille digne de l'enfer des *Ashura* se présentaient puis s'effaçaient devant ses yeux, baignées dans une étrange et fantasmagorique lueur bleue et noire.

Cinq hommes d'armes survinrent.

L'un d'entre eux libéra de leur entrave les pieds de Shinzô.

– Marche !

Docilement, Shinzô se mit à marcher. Les bras toujours étroitement appliqués au corps par la corde qui l'enserrait, il avait l'air d'un pieu.

Par le beau milieu du secteur où flamboyaient les énormes brasiers, Shinzô allait, traîné par les cinq hommes d'armes qui le surveillaient. En des dizaines d'endroits par la plaine, des soldats festoyaient, ivres et menant grand tapage. Des volées de débris de hampes de lances brisées venaient à lui, des grandes coupes à *saké* frôlaient ses épaules. À dire vrai, ce n'était pas forcément Shinzô qui était visé. L'excitation de la nuit qui suivait le jour de ce formidable massacre, attisée par l'ivresse du *saké*, les avait tous rendus fous.

Après une petite heure de marche, Shinzô arrivait à l'endroit où on le menait, à savoir le quartier général de Nobunaga, au pied du mont Gokurakuji. Là aussi, l'on festoyait, à la lumière rougeoyante des brasiers.

L'endroit était pareil à l'enclos d'un monastère. Sur un plancher surélevé d'un degré comme une sorte d'estrade, quelques dizaines d'officiers étaient assis en rang et échangeaient des coupes de *saké*.

Shinzô fut traîné dans un coin de la cour où on le fit asseoir. Un homme de guerre d'âge mûr descendit dans la cour et s'avança vers lui ; il donna l'ordre d'approcher un brasier. Aussitôt le corps de Shinzô rougeoya à la lueur des flammes. Son visage et son corps avaient tout à fait l'aspect d'un Fudô rouge.

Puis un autre homme de guerre, plus jeune et qui devait être d'un grade plus élevé, descendit à son tour et vint à lui.

– Tu prétends être le fils de Tada Awaji-no-kami, est-ce vrai ?

– Pourquoi mentirais-je ?

– Monseigneur le connaît !

– Ce Monseigneur, qui est-il ?

– Prends garde à ce que tu dis !

Quelqu'un le frappa dans le dos du bout d'une hampe de lance. Alors, pour la première fois, Shinzô comprit qu'on l'avait amené devant Nobunaga. Cependant, il ne pouvait deviner où, sur l'estrade, se trouvait ce dernier. Il savait seulement qu'il y avait là une foule d'officiers, mais de l'endroit où il était placé, il ne parvenait pas à distinguer les visages.

Le jeune guerrier, qui s'était éloigné un instant, se montra de nouveau.

– Monseigneur estime que, tout prisonnier que tu es, tu n'as pas à en avoir honte ! dit-il.

Sans s'en soucier :

– Fais vite ! coupe-moi la tête ! s'écria Shinzô.

– Tu veux qu'on te coupe la tête ?

– Fais vite ! coupe-moi la tête ! tue-moi !

– Trêve de sottises ! Monseigneur a daigné dire qu'il n'y avait pas de honte pour toi !

– Coupe-moi la tête !

– Pour avoir honte…

À l'instant où le guerrier prononça ce mot de « honte », celui-ci pénétra enfin l'oreille de Shinzô avec tout ce qu'il signifiait véritablement.

– Honte ?

– Je te répète que tu n'as pas à avoir honte !

– Avoir honte ? qui doit avoir honte ? quelle absurdité !

Shinzô avait clamé cela. Et la vérité était qu'il n'éprouvait pas la moindre honte pour s'être laissé prendre. La bataille n'avait pas été un de ces combats loyaux où l'on peut encourir l'infamie.

Quelque chose s'était détraqué quelque part, qui n'était pas normal. Et Takasaka Masazumi, et Naïtô Masatoyo, et tous les autres, tous étaient tombés en l'espace d'un instant, d'une façon inexplicable. Une chose incroyable s'était produite. Et Tsuchiya Masatsugi, et Hara Masatané étaient morts eux aussi. Et Baba Nobuharu était mort. Et bien d'autres encore, une foule de capitaines, et des plus valeureux, tous avaient rendu l'âme au feu des arquebuses. Et leur seigneur, Katsuyori lui-même, nul ne savait ce qu'il en était advenu.

Shinzô n'avait gardé que le sentiment que tout cela était totalement absurde. Les morts, tous tant qu'ils étaient, lui paraissaient grotesques. En plein jour, près de la palissade, il avait éclaté en bruyants sanglots, mais il n'avait éprouvé aucune affliction pour les quinze mille guerriers de son parti qui avaient trouvé là la mort.

Ce qu'il avait ressenti était un peu différent. Le dépit de n'avoir pu franchir la palissade l'avait simplement frappé en pleine poitrine comme une flamme. Si seulement elles avaient pu franchir cet obstacle, peut-être les troupes de Takéda auraient-elles écrasé sous le sabot de leurs chevaux l'armée coalisée d'Oda et de Tokugawa. Il n'y avait aucune honte à se faire tuer dans cette bataille, et il n'y en avait pas davantage à se laisser prendre ou à s'enfuir.

– Pourquoi je me suis mis tout nu, le sais-tu ? clama Shinzô.

À son tour il posait une question au jeune guerrier.

– Comment saurais-je une chose pareille ?

– Tu ne peux pas comprendre, en effet !

Shinzô eut un rire qui secoua son gros corps nu. Puis son rire s'arrêta net :

– Ç'a l'air absurde ! Une bataille comme celle-là, autant y aller tout nu ! tout nu avec tout juste une ceinture rouge !

Et en effet, l'idée d'y être allé en armure, à cheval, avec une lance, lui paraissait à présent saugrenue. Autant valait rester tout nu ! tout nu !

À cet instant, soudain, sa corde fut coupée. Shinzô, de retrouver, à l'improviste, sa liberté de mouvements, tomba en avant.

– On te fait grâce de la vie ! Reprends du service ! dit le guerrier.

– Reprendre du service ?

– De ta vie garde-toi d'oublier la générosité de Monseigneur !

Shinzô était resté prosterné, dans la position qu'il avait prise en tombant en avant. Il ne se redressa pas. Jamais il n'eût imaginé qu'on lui proposerait de reprendre du service.

– Ta réponse ? Je suppose que tu n'es pas contre ?

Shinzô sentit la hampe d'une lance qu'on lui appliquait en travers de la poitrine. Sous la poussée, il se redressa.

Pourquoi l'avait-on épargné, pourquoi lui offrait-on de reprendre du service ? Parce que Nobunaga connaissait son père Tada Awaji-no-kami ? à cause de l'air étrange qu'il avait avec sa ceinture rouge ? ou par un caprice du vainqueur que la chose avait amusé ?

Comme Shinzô ne répondait toujours pas, le jeune guerrier :

– Je te laisse réfléchir. Ou tu reprends du service, ou sinon, ta tête saute ! Réfléchis vite ! dit-il.

Puis il ordonna :

– Faites-le asseoir dans un coin !

Aussitôt, de l'ombre obscure des arbres, deux ou trois soldats surgirent, qui saisirent Shinzô par les bras.

On l'amena à la lisière d'un fourré distant de quelque trois toises. Arrivé là, il fut soudain assailli par une nuée de moustiques qui se jetèrent avidement sur son corps nu, au point qu'il crut qu'il n'y pourrait tenir.

Dès lors, cette attaque des moustiques occupa son esprit bien plus que la question de savoir s'il allait reprendre du service. Reprendre ou non du service n'était pas un problème bien important. S'il refusait, sa tête sautait, mais cela, il y était préparé depuis longtemps. Quand il s'était fait prendre, il était déjà résigné au sort qui l'attendait. Et puisque les autres étaient morts, tous tant qu'ils étaient, à quoi rimait-il d'être le seul épargné ?

D'un autre côté, si on lui disait de reprendre du service, autant reprendre du service, se dit-il. De même qu'il n'avait ressenti aucune honte à se retrouver prisonnier, de même ne trouvait-il grand sens, dans les circonstances présentes, à refuser de se mettre au service de l'ennemi. Dans la dernière bataille, tout ce qui pouvait avoir quelque importance avait sombré sans recours. Il avait le sentiment que toutes les valeurs éprouvées étaient brusquement toutes tombées en désuétude.

Shinzô agita de gauche et de droite son bras tendu. Et d'ailleurs, avoir la tête coupée ou reprendre du service, que lui importait, pourvu qu'on se décide tout de suite, songea-t-il. Tout plutôt que de se laisser ainsi dévorer par les moustiques, car cela, c'était insupportable.

Il sembla à Shinzô que c'était là une conclusion logique, par son côté absurde et dérisoire, pour une bataille où l'absurde avait atteint son comble.

Dans les ténèbres, les yeux de Shinzô étincelèrent. À l'endroit, en effet, où lui-même avait été assis jusque-là, un vieux soldat tout chenu était apparu, qui, après avoir prononcé deux ou trois mots, avait poliment salué en inclinant la tête, puis s'était aussitôt retiré.

Là-dessus, un autre guerrier s'était montré et pareillement assis au même endroit ; la moitié du visage illuminé par le feu du brasier, il avait dit quelques mots, avait incliné la tête d'un air déférent, puis s'était retiré.

Après cela d'autres soldats parurent, l'un suivant l'autre. Il en était de jeunes, il en était de vieux. Il y avait des guerriers fringants, et d'autres tout déjetés. Certains avaient une carrure imposante, d'autres étaient plutôt menus. Il y en avait de tous les grades. Dans le nombre il y avait aussi des blessés.

Shinzô avait compris tout de suite que ces gens-là étaient les soldats qui s'étaient distingués dans la bataille de ce jour. Ils avaient tout exprès quitté leur compagnie pour venir ici recevoir un ou deux mots d'encouragement des généraux qui se trouvaient là, et ils s'en retournaient tout remués.

Tout à coup Shinzô eut un sursaut.

Dans le cercle de lumière du brasier, cinq hommes étaient apparus, des soldats du rang de toute évidence, qui, contrairement à ceux qui les avaient précédés, semblaient en proie à une abjecte terreur. Cette fois le jeune guerrier qui avait interrogé Shinzô était descendu de l'estrade.

Les cinq soldats étaient assis sur un rang, comme des criminels. Ils n'avaient aucune allure, l'air de paysans à qui on aurait imposé des armes. Deux étaient jeunes, les trois autres d'âge mûr.

– C'est vous qui avez tiré sur Yamagata Masakagé ? dit le jeune guerrier.

Ses paroles, bien détachées, étaient parvenues distinctement aux oreilles de Shinzô.

– Oui ! répondit celui des cinq qui en paraissait le

chef de file, un jeune homme de vingt-deux ou vingt-trois ans.

– Vous avez tiré sur lui, sans en avoir reçu l'ordre, pourquoi ?

– Oui ! dit le jeune homme en relevant la tête. Désormais on fera attention !

– Dire que tu feras attention ne suffit pas ! Qu'est-ce que c'est que cette façon d'enfreindre la discipline et de tirer à tort et à travers ? C'est une faute extrêmement grave ! Est-ce toi qui as donné l'ordre aux autres ? ajouta-t-il.

– Oui !

– Et pourquoi as-tu agi ainsi à la légère ?

Le jeune homme, pétrifié de terreur, semblait avoir perdu l'usage de la parole, et pendant un bon moment, sa bouche se tordit sans émettre le moindre son.

– C'est, c'est qu'on avait le temps !

– Le temps ?

– C'est qu'à cette heure-là, on n'avait rien d'autre à faire ! Je suis impardonnable, vraiment !

Le jeune homme s'était incliné, les deux mains au sol ; il paraissait terrifié et tremblait de tous ses membres.

– Tu mériterais un châtiment exemplaire ! Mais pour cette fois, nous serons indulgents ! dit le jeune guerrier.

À cet instant, Shinzô sentit son corps tout entier trembler plus fort encore que celui du jeune homme que l'on venait de morigéner. Un tremblement qu'il était incapable de dominer secouait ses bras, ses jambes, son torse.

Shinzô revoyait le moment où, à l'aile gauche de la ligne de combat, Yamagata Masakagé s'était effondré, atteint par une volée de balles. C'était là une des scènes de cet enfer des *Ashura*, qui avait par hasard frappé ses yeux, et la mort de Yamagata Masakagé, avait revêtu pour l'armée des Takéda une signification aux effets incalculables. La mort de Yamagata Masakagé, surnommé le dieu des batailles, et dont on disait depuis longtemps qu'il était le trésor le plus précieux des Takéda, avait d'un seul coup éclairé sous un jour sinistre et glacé le destin réservé à cette armée. Shinzô s'était dit à ce moment-là que si Yamagata Masakagé lui-même était tombé, c'était que la bataille était perdue d'avance.

Et pourtant, la mort de Yamagata Masakagé était arrivée d'une façon incroyablement banale. Pour donner ses ordres à la troupe qui commençait à fléchir, il s'était dressé haut sur ses étriers. Cette attitude impérieuse, nul autre mieux que Yamagata Masakagé ne savait la prendre.

Mais l'instant d'après, il s'était plié en deux sur l'encolure de sa monture, pour aussitôt choir misérablement à terre. Ç'avait été une chute de cheval d'une incroyable banalité. Comme cela s'était passé dans le feu du combat, l'événement était passé inaperçu dans la mêlée confuse du champ de bataille.

On avait donc tiré sur lui parce qu'on n'avait rien d'autre à faire ! Rien d'autre à faire ! Shinzô, sans qu'il s'en fût aperçu lui-même, se retrouvait debout.

Shinzô observa une nouvelle fois les cinq soudards assis là en rang. C'était sans nul doute des hommes d'armes qui, dans la bataille de ce jour, avaient appartenu à la compagnie des arquebusiers d'Oda, mais il ne semblait pas qu'il y eût bien longtemps qu'ils étaient devenus des soldats. Peut-être même eussent-ils été bien embarrassés s'ils avaient dû manier le sabre.

Ces soudards, parce qu'ils ne savaient pas trop que faire, avaient dû prendre pour point de mire celui des capitaines de Takéda qui leur avait semblé le plus en vue. Shinzô était certes déjà convaincu de la totale absurdité de toute cette affaire, mais devant cette absurdité absolue, pour la première fois en cette journée, une flambée de rage le saisit.

Shinzô, brusquement, avec un formidable grondement, fit un bond dans leur direction et se jeta dans le cercle de lumière que répandait le brasier. Il avança encore. Le jeune guerrier recula précipitamment pour l'éviter. Mais au même moment, la main de Shinzô s'était tendue vers la lance qu'il tenait.

Shinzô lui arracha la lance, et l'instant d'après, le temps d'assurer l'arme dans sa main, il la fichait dans le flanc de l'un des jeunes soudards qui avaient sauté sur leurs pieds. La lance plantée dans le corps de l'homme, il parcourait encore deux ou trois toises, comme pour le pousser contre le tronc d'un arbre, puis il arracha la lance de son corps.

Shinzô entendit des exclamations et des cris de fureur qui jaillissaient à l'entour. Quelques guerriers étaient descendus de l'estrade et couraient vers lui. Deux ou trois autres s'étaient jetés dans la lumière du brasier pour lui couper la retraite.

En tête de ceux qui le poursuivaient était le jeune guerrier à qui il avait arraché sa lance. La moitié du sabre qu'il brandissait au-dessus de sa tête étincelait, éclairée par la flamme du brasier, cependant que le reste disparaissait dans l'ombre.

Shinzô, pour lui échapper, se jeta dans le fourré. Quand il retrouva ses esprits, il était en train de courir sur une route qui longeait un bosquet de bambous. Derrière lui retentissait le bruit des pas de plusieurs hommes qui le serraient de près.

– Amenez-vous !

Shinzô s'était arrêté et, la lance au côté, penché en avant comme pour scruter les ténèbres, il avait fait face.

Le fer toucha quelqu'un. À la cuisse, semblait-il.

De nouveau, il darda la lance, de nouveau, il avait touché. Cette fois, il avait senti une résistance, mais au même instant, une lame s'abattait de côté sur son épaule nue. Une violente douleur parcourut son corps tout entier. Si seulement il avait un sabre ! Ah, jeter cette lance pour avoir un sabre !

Shinzô, en dépit de sa blessure, se remit à courir. Mais il n'avait pas couru bien loin, que derechef il s'arrêtait et, appuyé sur la lance comme sur une canne, il attendit celui qui sans doute aucun serait son adversaire dans son ultime combat.

L'endroit était à mi-pente. Plus bas, au loin, on voyait s'agiter des torches. Des appels et des clameurs lui parvenaient, de plus en plus proches, de plus en plus forts.

Pour Tada Shinzô, le jour de cette grande bataille complètement extravagante et incroyablement absurde allait à présent s'achever. Pour la première fois, en cette journée, le sentiment qu'il se trouvait réellement sur un champ de bataille envahit enfin le corps et les membres d'un Shinzô à l'article de la mort. Cependant, ce sentiment déjà cédait la place à un vide immense dans lequel il glissait irrémédiablement.

LA FLEUR DES CIMES

C'était aux premiers jours de la troisième lune de l'an dix-neuf de Keichô (1614).

Au hameau de Sakabé, dans les montagnes qui forment la frontière entre les provinces de Shinano et de Mikawa, les villageois, ce jour-là, par exception, ne travaillaient pas, et depuis le matin il y régnait une excitation diffuse. On fêtait en effet des noces chez les Kumagaï, à la maison du chef du village.

Des noces chez les Kumagaï, disions-nous, mais en fait, ce n'était pas l'un des enfants du chef, Naotaka, qui se mariait. Naotaka avait trois fils et une fille, mais l'aîné, Kyûjirô, était dans sa treizième année seulement, et rien ne pressait pour qu'il prît femme. Le mariage, en fait, était celui de Kinu, la fille adoptive de Naotaka, que celui-ci avait amenée un beau jour d'on ne savait où, ni pour quelle raison, mais qui, quoi qu'il en fût, avait été élevée depuis sa tendre enfance comme si elle avait appartenu à la maison Kumagaï.

À propos de cette Kinu, toutes sortes de bruits couraient parmi les villageois, mais personne ne savait de façon certaine quelles étaient ses origines. On en était venu à admettre généralement qu'elle devait être une bâtarde de quelque guerrier de haut rang que Naotaka aurait recueillie pour faire son éducation. Ceux qui prétendaient en savoir un peu plus affirmaient que c'était une enfant que le châtelain d'Iida aurait eue de la fille d'un marchand de la mouvance de son fief, mais bien entendu, il était impossible d'établir la véracité du fait.

Kinu était alors dans sa dix-neuvième année. Une des raisons qui avaient donné à penser que les origines de Kinu se rattachaient à quelque noble lignage était sa beauté native. C'est en la voyant que les paysans de Sakabé avaient su que l'expression « un teint blanc sans trace de couleur » n'était pas un vain mot, et à la courbe du nez, à l'éclat de ses yeux, à la régularité de ses traits, ils sentaient confusément qu'elle était d'une qualité différente de la leur.

Celui qui allait accueillir Kinu comme épouse était un homme lige du grand intendant d'Iida, Futagi Kanzaémon, du nom de Yamané Sennosuké. La maison des Kumagaï, encore qu'elle fût l'une des deux plus anciennes de cette région, n'était rien de plus qu'une maison de chef de village de ce val d'Ina aux neiges profondes. Pour sa fille adoptive, entrer comme épouse dans une famille de guerriers d'un rang estimable était, il faut le dire, un fort beau parti.

Le cortège qui allait escorter le palanquin de la jeune mariée devait prendre le départ pour rejoindre Iida, à deux heures de l'après-midi. Les villageois, qui depuis deux jours s'étaient copieusement abreuvés du *saké* qu'on leur avait distribué à profusion pour fêter l'événement, s'étaient rassemblés dans l'avant-cour de la maison Kumagaï comme si ç'avait été l'unique fonction à eux assignée, et, dans la lumière du soleil qui avait soudain pris un air printanier, ils formaient ici et là des petits groupes où les bavardages allaient bon train.

Au cortège qui accompagnerait le palanquin, on avait décidé d'adjoindre huit jeunes gens du village. Portant les bagages de l'épousée, ils devaient se diriger vers Iida par la route qui longe la Tenryûgawa. Mais quand ces jeunes gens se mirent en rang dans l'avant-cour plantée de pruniers à floraison tardive, couverts de fleurs d'un blanc terne, on s'aperçut que Jirô manquait à l'appel.

– Jirô ! Où donc est passé Jirô ?

Ces appels de plusieurs voix clamant le nom de Jirô avaient pris naissance dans la vaste entrée de la maison des Kumagaï, pour se propager en un instant du jardin jusqu'à la rue. Plusieurs femmes, toujours à la recherche de Jirô, couraient déjà sur le chemin en pente qui passait devant la maison.

À la même heure, le Jirô en question suivait à grandes enjambées le sentier, enseveli sous les bambous nains, qui montait aux collines. C'était un jeune homme de vingt-cinq ans, un gaillard de près de six pieds. Chaque fois que son grand pied écrasait les bambous, quelques pierres dégringolaient dans la pente.

Jirô courait sans reprendre haleine. Il franchit deux montagnettes, coupa au travers des rizières en terrasses aménagées à flanc de coteau, puis se dirigea vers une troisième éminence. À partir de là – sans doute était-il fatigué de sa course –, Jirô cessa de courir et, les ailes du nez gonflées et le souffle rauque, il entreprit de gravir la montagne en s'accrochant aux buissons qui en recouvraient la pente plutôt raide.

Arrivé au sommet, Jirô aperçut sous ses yeux le cours de la Tenryûgawa qui se tordait comme un serpent au fond de la vallée. L'eau de la rivière était d'une couleur vert-noir presque invraisemblable. C'était l'époque où le débit est le plus abondant, en raison de la fonte des neiges.

Jirô, se retenant aux branches d'un arbuste, contempla un long moment le cours de la Tenryûgawa. Soudain son visage se contracta. Ce visage, qui au repos déjà présentait des traits deux fois plus marqués que ceux d'un homme ordinaire, ressemblait maintenant à celui d'un Roi-gardien courroucé. Ce n'était point toutefois qu'il fût en colère. Bien au contraire, c'était une détresse insondable qui avait, comme un flot de boue visqueuse, inondé le cœur de Jirô.

– Jirô !

Surpris par cette voix qui criait son nom, Jirô se tourna dans sa direction.

Dans un bruissement de branchage, apparut Kyûroku, un autre paysan du même hameau. Kyûroku était du même âge que Jirô, mais son aspect malingre lui donnait tout à fait l'air d'un misérable journalier, cependant que son visage rusé le faisait paraître bien plus que son âge.

– Qu'est-ce que tu es venu faire dans un endroit pareil ? demanda Kyûroku.

Jirô resta silencieux. Kyûroku observait le visage de Jirô.

– Mais, tu es en train de pleurer ! dit-il.

– Pleurer ? qu'est-ce que tu me chantes ?

– Quand des larmes sortent des yeux, c'est pas ça, pleurer ?

– Raconte pas des histoires ! Tu m'embêtes !

Jirô avait poussé un coup de gueule. Kyûroku avait distingué, en effet, sur le visage qu'il scrutait attentivement, plusieurs coulées de larmes.

– Si je te dis que tu pleures, c'est que tu pleures ! quel mal y a-t-il à cela ? dit Kyûroku. Dis-moi, tu ne devais pas aller à Iida ? ajouta-t-il.

– Tu m'embêtes !

– Tu m'embêtes, tu m'embêtes, dis pas ça ! Quand on essaie de te consoler !

– Consoler ?

Jirô regarda Kyûroku d'un air ahuri. Ses deux yeux restèrent un bon moment fixés sur le visage de l'autre comme s'il cherchait à lire au fond de son cœur.

– Tu sais donc ? cracha-t-il enfin.

– Je sais !

– Comment le sais-tu ?

– Comment ne le saurais-je pas ? Tout le monde l'a compris, ce que tu as dans le ventre ! Pauvre imbécile ! Notre demoiselle, tu lui as même pas causé une seule fois, je parie !

– Ben non !

– Pas une fois ?

– Ben… !

– Si tu lui causes pas, tu peux toujours en pincer pour elle, t'arriveras à rien ! Bougre d'idiot ! D'abord, réfléchis, qu'est-ce que tu es ? Un malheureux péquenot !

– Et toi, tu lui as causé, à la demoiselle ?

– J'ai… !

– Quand ça ?

– Y a deux ans ! Quand j'ai été avec elle jusqu'à

Iida, elle m'a causé, à moi ! Elle a levé le store du palanquin, et elle m'a dit : « De l'eau ! »

Cette fois, ce fut au tour de Kyûroku d'éclater en sanglots.

– Eh, dis donc, tu pleures !

Kyûroku alors, honnêtement :

– Ben oui, je pleure ! Un malheureux péquenot est un homme comme un autre ! Quand je pense que notre demoiselle, à partir du jour d'aujourd'hui, elle sera plus là, alors moi, moi…

Il était incapable de proférer un mot de plus.

– Alors toi aussi, t'avais le béguin pour la demoiselle ?

Jirô observait Kyûroku avec le sentiment d'avoir été délivré d'un grand poids. Il paraissait en avoir oublié les grosses larmes qui jaillissaient de ses propres yeux.

– Bougre d'idiot ! Elle t'a peut-être causé une fois, mais réfléchis un peu à ce que tu es !

Après cela, ils s'assirent à terre tous deux sans plus échanger une parole. Chacun savait maintenant pourquoi l'autre était venu là. Le cortège nuptial, quand il remonterait la rivière par la route de la berge, on pourrait l'apercevoir de cet endroit, même si ce n'était que pendant un bref instant.

Un temps assez long s'était écoulé.

– On voit le cortège ! dit Kyûroku.

Jirô, qui à ce moment-là était allongé sur le dos, les yeux fermés, ne se releva point.

– On ne le voit plus ! dit encore Kyûroku.

Et alors seulement :

– Est-ce qu'il n'y a plus la guerre, je me demande ? dit Jirô.

À quoi pouvait-il bien penser ?

– C'est fini, la guerre ! T'es né juste un peu trop tard, tu vois !

Quand l'autre lui avait appris que le cortège avait disparu, la tristesse visqueuse qui stagnait au fond du cœur de Jirô s'était diluée instantanément. En vérité, puisque le palanquin de Kinu était parti pour Iida, pleurer ni gémir ne menait plus à rien.

Kyûroku avait dit qu'il n'y avait plus de guerre, mais quelque temps après le mariage de Kinu, un dernier ressac des vagues soulevées par les tempêtes d'antan vint échouer inopinément jusqu'au fond des montagnes d'Ina.

Kinu avait quitté Sakabé pour se marier à Iida au printemps de l'an dix-neuf de Keichô. Six mois plus tard, ce fut la campagne d'hiver contre Ôsaka. À la douzième lune, une trêve était conclue entre ceux d'Ôsaka et les Tokugawa, mais l'année suivante, première de Genna (1615), à la troisième lune, Ôsaka derechef convoquait le ban de ses vassaux.

La nouvelle en était parvenue aux paysans de Sakabé un peu après le milieu de la troisième lune. Un ordre, signé du nom d'Ogasawara Hidémasa, châtelain d'Iida, avait été transmis, par l'intermédiaire du bailli, Miyazaki Tôémon, au chef du village, Kumagaï Naotaka.

« Chaque village fournira, par cent muids de revenus, deux chevaux de somme avec deux hommes pour les mener. Qu'il soit entendu, vu qu'il s'agit du service des armées en pays lointain, qu'hommes et chevaux seront choisis robustes. Les villages ne possédant pas de chevaux fourniront quatre hommes de corvée par cheval manquant. On choisira des hommes entre vingt-cinq et quarante ans, capables de courir toute une journée. Les volontaires pour le service armé, quand bien même ils ne seraient assujettis à cens ni corvées, seront affectés au service armé s'ils en font la demande et selon leurs aptitudes. En conséquence et conformément à la répartition indiquée dans la pièce jointe, hommes et chevaux se présenteront sans faute, au plus tard le vingt-cinq courant, au point de rassemblement à Iida, munis d'un document portant le sceau de leur chef de village, chef de nom ou régisseur.

Item, village de Sakabé : hampes de flèches, cinq cents ; cheval de somme, un. »

Le contenu de cet ordre fut connu aussitôt de tout le village. Pour ces paysans, partir pour les corvées de guerre n'était pas une mince affaire. Aussi les hommes de vingt-cinq à quarante ans, pour éviter si possible de tirer le mauvais numéro, faisaient-ils en sorte de ne pas sortir de la maison, quitte à laisser tomber les travaux de la montagne ou des champs. Car ils craignaient d'être repérés s'ils venaient à mettre le nez dehors.

Le lendemain du jour où l'ordre avait été proclamé, Jirô se présentait chez Naotaka et se déclarait volontaire pour la corvée.

Comme Naotaka était précisément dans un grand embarras, car il ne savait qui choisir parmi les villageois, il ne fit ni une ni deux pour accéder à ses désirs. D'autant mieux que Jirô faisait parfaitement l'affaire. C'était un gaillard de près de six pieds, et pour la force physique, nul au village ne valait ce jeune homme. Le seul défaut de Jirô était son caractère emporté, et quand il piquait une colère, il ne connaissait plus personne, mais cela, dans une vraie guerre, cela s'arrangerait très simplement, et qui sait, peut-être même cela tournerait-il à son avantage.

Le lendemain, un second volontaire se présentait pour la corvée. C'était Kyûroku. L'idée lui en était venue apparemment lorsqu'il avait su que Jirô s'était engagé envers Naotaka, si bien qu'il y était allé à son tour, un jour plus tard.

Devant Kyûroku, Naotaka baissa les bras. Le garçon était chétif, à peine capable en temps ordinaire d'assurer convenablement les travaux des champs.

– Tu sais ce que c'est que la guerre ? lui demanda Naotaka.

– Je ne sais pas ! répondit Kyûroku.

– Si tu ne le sais pas, je te plains ! Même si tu n'es qu'un homme de corvée, tu peux te trouver sous le feu de l'ennemi.

– Ça, je l'ai bien compris ! Si j'ai de la veine, je reviendrai au village. Si je n'ai pas de veine et que je sois tué, vous voudrez bien m'enterrer avec Jirô.

Kyûroku avait parlé comme s'il était entendu que Jirô se ferait tuer. Naotaka avait baissé les bras devant Kyûroku, mais puisque, après tout, il s'était présenté de lui-même, pour finir il décida d'accéder là encore aux désirs de l'intéressé.

Le village de Sakabé devait fournir quatre hommes. Jirô et Kyûroku étaient donc désignés, mais il restait le problème des deux autres. À en juger par le silence pesant qui régnait sur le village tout entier, il était clair que tout le monde se dérobait.

Naotaka convint donc qu'il serait lui-même l'un des deux, et pour le dernier, son choix se porta sur un jeune homme du nom de Shôroku, qui passait pour simplet. Shôroku était un bon garçon qui ne savait pas refuser, mais cette fois, il se montra obstiné et ne voulut rien savoir. Il fallut à Naotaka une bonne demi-journée pour obtenir de lui à force de promesses et de flatteries qu'il acceptât enfin de partir.

Quand on sut que les quatre hommes requis étaient désignés, le village soudain se rasséréna et chacun retrouva son entrain habituel. Les villageois s'attroupaient ici et là et discutaient ferme à propos de Jirô et consorts.

Le vingt-quatre, Naotaka quitta le village de Sakabé, suivi des trois jeunes gens, Jirô, Kyûroku et Shôroku ; ils arrivèrent à Iida à la nuit, et le lendemain ils se présentaient au point de rassemblement sur la grand'place devant le portail du château.

Mais pour une raison ou une autre, seuls Jirô et Kyûroku furent retenus, cependant que Naotaka et Shôroku étaient jugés inaptes au service. Ces deux derniers retournèrent donc à Sakabé le lendemain vingt-six.

Jirô et Kyûroku, qui avaient été retenus à Iida, subirent pendant deux jours, sur la place devant le portail du château et avec les quelque trois cents hommes levés en d'autres lieux, un entraînement destiné à en faire des hommes de corvée pour l'armée.

Après cela, Jirô et Kyûroku furent autorisés à retourner au village où ils passèrent une seule nuit, avant de rejoindre la compagnie qui depuis Iida s'était mise en marche en direction d'Ôsaka.

Jirô et Kyûroku atteignirent Ôsaka dans la deuxième décade de la quatrième lune. La compagnie d'Ina à laquelle ils appartenaient, faisant route vers Ôsaka, était, à Ôtsu, passée à proximité de l'armée de Iéyasu qui avait quitté Sunpu. Et Kyûroku et Jirô, à la vue des troupes d'élite qui composaient cette puissante armée, se sentirent tout ragaillardis. Quand cette immense armée marcherait sur Ôsaka, se disaient-ils, le château d'Ôsaka pas plus qu'aucun autre ne pourrait tenir une heure devant elle.

Cependant, quand ils arrivèrent à Ôsaka, une nouvelle surprise attendait nos deux gaillards. Nulle part ils ne voyaient de château, en effet.

– Nous voilà venus tout exprès à Ôsaka pour faire la guerre, alors, si nous revenons sans même avoir vu le château, tout le village va se payer notre tête !

Voilà de quoi, curieusement, s'inquiétait Kyûroku. Quant à Jirô, dès lors qu'il eut rejoint le futur champ de bataille, il était tout excité.

– Tu frappes, tu frappes, tu frappes tout autour et tu meurs ! Tu frappes, tu frappes, tu frappes tout autour…, ne cessait-il de répéter.

Le travail assigné aux deux hommes consistait à coltiner des pierres. Depuis le jour de leur arrivée à Ôsaka, tous deux ramassaient des galets dans le lit de la Yodogawa pour les porter aux chariots rangés sur la digue. C'était là une occupation rien moins que martiale.

Le quatrième jour, on les affecta au contrôle où l'on notait la quantité de galets et les endroits où ils étaient transportés, et comme Kyûroku s'était adroitement acquitté de cette tâche et qu'il mettait beaucoup de zèle à exécuter les ordres de ses supérieurs, il fut, dès le lendemain, déchargé des travaux pénibles et transféré définitivement au contrôle. Quant à Jirô, s'il s'était révélé incapable de remplir ses nouvelles fonctions, on avait par contre remarqué sa grande force dans le transport des galets, aussi fut-il décidé de l'incorporer dans la troupe qui devait attaquer le château d'Ôsaka.

Les deux hommes, qui allaient le lendemain appartenir à deux formations différentes, étaient donc obligés de se séparer, aussi s'étaient-ils, ce soir-là, étendus côte à côte au cantonnement de la digue. Ils avaient bien l'intention de bavarder jusque tard dans la nuit, mais la fatigue de la journée était telle que bientôt l'envie de dormir les submergea.

C'est alors qu'un de leurs camarades qui revenait de boire se dirigea vers l'endroit où ils étaient couchés et s'assit à leur chevet.

– C'est-il vrai, ce qu'on raconte, que la dame à Yamané Sennosuké est de Sakabé ? dit-il.

À ces mots, Jirô se redressa brusquement. Que l'homme qui avait épousé Kinu était un certain Yamané, cela, il le savait, mais qu'il s'appelait Sennosuké, c'était la première fois qu'il l'entendait dire.

– Yamané Sennosuké ? À quoi il ressemble, ce type ? dit Jirô en regardant son camarade droit dans les yeux.

– Tu ne connais pas Yamané Sennosuké ? Il est si fort à la lance qu'on l'a surnommé Yamané Yarinosuké, Yamané le Lancier ! Mais je t'ai demandé, moi, si c'était vrai que sa femme est de Sakabé ?

– Parfaitement, c'est comme tu le dis ! Mais pourquoi tu me demandes cela ?

Le ton de Jirô était agressif, comme s'il avait voulu mordre.

– C'est un sacrément beau brin de fille, tout Iida en parle !

Devant les yeux de Jirô se dessinait le joli visage de Kinu. Pas une seule fois elle ne lui avait adressé la parole, mais ce beau visage de femme avait hanté son esprit nuit et jour depuis son adolescence, comme une fleur des hautes cimes.

– Que c'est un beau brin de fille, je n'avais pas besoin de toi pour le savoir ! dit-il d'un air hargneux, puis il se laissa retomber sur le dos.

Le ciel nocturne du début de l'été était parsemé d'étoiles innombrables.

À la place de Jirô, Kyûroku cette fois se souleva.

– Il est vraiment si fort à la lance, ce Yamané Sennosuké ?

– Pour ça, oui ! le jour qu'on est arrivé ici, il paraît qu'avec sa longue lance ornée d'un flot de tresses rouges, il a fait des coups fumants ! Pour sûr, il mérite bien qu'on le surnomme Yarinosuké !

– Ho, ho ! dit Kyûroku.

Et Jirô :

– Tu m'embêtes ! cria-t-il et, se soulevant de nouveau : Va donc te coucher là-bas, et que ça saute ! Si tu continues à bavasser à tort et à travers, je te fiche à la rivière !

Impressionné par le gabarit de Jirô, l'homme, un paysan du domaine d'Iida, s'éloigna en grommelant quelque chose entre ses dents.

– Si tu dois t'exciter comme ça, moi je vais dormir ! dit Kyûroku.

Ces paroles touchèrent Jirô au vif.

– Demain, on va se quitter ! Tâche de bien te garder !

Et sur ces paroles vaguement conciliantes, Jirô ferma les yeux. On entendait le murmure des eaux de la Yodogawa, auquel se mêlait de temps à autre la détonation lointaine d'un mousquet.

Le lendemain, Jirô était devenu l'un des mille six cents hommes que menait Ogasawara Hidémasa, châtelain d'Iida, et qui faisaient partie des troupes de choc du front de Kawachi.

L'aile droite de l'avant-garde du front de Kawachi était commandée par Tôdô Takatora, l'aile gauche par Ii Naotaka. La compagnie d'Ogasawara, à laquelle était affecté Jirô, se trouvait aux avant-postes du corps d'armée de Tôdô, soit en quelque sorte à l'avant-garde de l'avant-garde. Se trouvaient pareillement aux avant-postes les compagnies de Yanagihara Yasukatsu, de Sengoku Tadamasa, de Suhô Tadazumi, de Hoshina Masamitsu, de Katsuda Shigénobu et de Tanba Nagashigé.

La compagnie d'Ogasawara, partie des environs de Hirakata, avait donc, avec celles-là, fait mouvement vers Kawachi pour envelopper de loin le château d'Ôsaka.

Jirô était maintenant devenu soldat, mais il n'avait toujours pas vu ce château. Son cantonnement était un petit hameau sur la route de Yao en Kawachi, donc en un point situé à plus de deux lieues à l'est du château d'Ôsaka. Les jours s'écoulaient là dans ce calme inquiétant qui précède les batailles, et déjà arrivait la cinquième lune. Des bruits couraient, selon lesquels le gros de l'armée ennemie, assiégé dans le château, allait tenter une sortie pour s'ouvrir la route de Kawachi ; si cela était, ce secteur serait, affirmait-on, le théâtre des combats les plus violents.

Jirô toutefois, quand ces bruits parvenaient à ses oreilles, prenait l'air indifférent de quelqu'un que ces choses-là ne concernaient d'aucune façon. Et quand on prononçait devant lui des noms de capitaines ennemis, comme Kimura Shigénari ou Sanada Yukimura, il n'avait pas la moindre idée de ce que pouvait bien être ces gens-là. À dire vrai, il ne connaissait pas même les noms des capitaines de son propre parti. Il allait jusqu'à confondre les noms des chefs du front de Kawachi auquel il avait été affecté, et c'est à peine s'il savait faire la distinction entre Tôdô Takatora et Ii Naotaka. Le seul nom que Jirô connaissait avec certitude était celui du commandant en chef, Iéyasu.

En fait, Jirô se moquait éperdument de savoir qui allait l'emporter, des Tokugawa ou de ceux d'Ôsaka. Si Jirô était venu là, c'était uniquement dans le dessein de se jeter dans l'enfer des batailles. S'il devait en venir aux prises avec un ennemi qui en voudrait à sa vie, il se comporterait vaillamment à coup sûr. Peut-être y trouverait-il la mort, mais peu lui importait, puisqu'il ne tenait plus guère à la vie. Depuis le mariage de Kinu, en effet, plus rien ne l'intéressait en ce monde.

Voilà pourquoi Jirô n'attendait que la bataille.

– La bataille, la bataille, ils n'ont que ça à la bouche, mais pas le moindre petit bout de bataille en vue ! Qu'est-ce qu'ils fichent donc ?

Jirô ne pouvait pas voir le visage d'un camarade sans lui tenir ce discours.

Cette bataille, qui mettait ainsi Jirô dans tous ses états, éclata soudain sans prévenir, le six de la cinquième lune, un peu avant le point du jour.

Au son des trompes qui donnaient le signal du départ, Jirô, avec la dizaine de ses camarades cantonnés dans une ferme, courut, selon les instructions qu'ils avaient reçues, au point de rassemblement, un large espace dégagé à proximité d'un monastère distant de quelque deux cents pas. La place grouillait d'une foule de soldats dont on pouvait se demander où ils avaient bien pu se cacher jusque-là.

Jirô cherchait désespérément sa compagnie. Le jour était loin d'être levé encore et il errait au hasard, se cognant sans cesse dans les hommes ou les chevaux. Quand enfin la pâle lueur de l'aube commença à éclairer les lieux, les troupes, réparties en trois colonnes, s'ébranlèrent dans trois directions.

Jirô, pris dans la masse des soldats du rang, marchait vers l'ouest en suivant un chemin de rizière. Une petite heure s'était écoulée depuis le départ de la compagnie, quand Jirô avisa soudain un cavalier qui caracolait juste à son côté. C'était un guerrier magnifique et il avait vraiment fière allure. Puisqu'il chevauchait à leur côté, nul doute que ce ne fût un homme de guerre de la compagnie d'Ogasawara, mais Jirô bien entendu ignorait son nom.

Tout à coup, Jirô eut un coup au cœur. Car la hampe de la longue lance que ce cavalier tenait serrée contre son flanc s'ornait d'un flot de tresses rouges.

– Qui c'est, celui-là ? demanda-t-il à son voisin.

– Tu ne connais pas Yamané Yarinosuké ? Espèce de ballot ! répondit l'autre, méprisant.

– Ho ! c'est donc ça, le Yamané ! dit Jirô, après quoi il sombra dans un mutisme profond.

C'était donc celui-là, Yamané Sennosuké ! Le coquin qui lui avait enlevé Kinu ! C'était celui-là qui de cette Kinu avait fait son épouse !

– Le salaud, le salaud, le salaud !

Jirô ne regardait plus le cavalier. Il marchait le regard rivé à ses propres pieds, répétant intérieurement le même mot toujours.

Soudain la mousquetade éclata, tout près. Les rangs se défirent. Jirô voyait passer à côté de lui des cavaliers lancés au galop. Quelque part on poussait des cris de guerre.

Jirô courait. Là-dessus, un groupe de soldats survint, qui couraient dans l'autre sens. Jirô ne savait pas trop où courir lui-même. Il s'arrêta, réfléchit un instant, puis se mit à courir lui aussi dans l'autre sens.

Bientôt cependant, il s'arrêtait de nouveau. Il s'était brusquement retrouvé tout seul. C'est alors qu'il vit un spectacle surprenant. Çà et là, dans la vaste plaine qui s'étendait à perte de vue, des petits groupes se heurtaient. En y regardant mieux, il vit un peu partout des gens de guerre qui ferraillaient furieusement. Soldats amis et ennemis étaient dispersés par les champs et par les landes comme semés au petit bonheur. Il y courait des hommes, il y courait des chevaux. Et par-dessus le tout résonnaient les détonations des mousquets.

– Cette fois, ça chauffe !

Jirô en demeurait tout ébahi. Mais l'instant d'après, il courait lui aussi vers le champ de bataille.

– Le salaud ! Ce sale type, où c'est qu'il est donc passé ? Ce coquin de Yamané Sennosuké, où c'est qu'il est passé ?

Tout en courant, il avait dégainé et faisait maintenant des moulinets avec son sabre.

Jirô tantôt courait autour du champ de bataille, tantôt s'arrêtait. Ses yeux écarquillés et flambant de rage cherchaient une lance ornée d'un flot de tresses rouges. Au bout d'une heure, le champ de bataille s'était déplacé d'une demi-lieue vers l'est. Jirô avait essayé de ne pas se trouver au centre des combats, or voici qu'il découvrait qu'il était au beau milieu de cet enfer.

Comme il était bien incapable de faire la distinction entre amis et ennemis, il s'était gardé, dans la mesure du possible, de s'approcher de tous ces soldats. Quand il apparaissait que les uns ou les autres se rapprochaient, il fuyait vers un endroit plus tranquille. Autour de lui, sans cesse, des hommes couraient, des chevaux galopaient, des mousquetades, des hurlements éclataient.

Jirô s'aperçut tout à coup qu'il avait perdu son sabre. Il en ressentit un choc. Il n'avait plus aucune arme. Il regarda autour de lui. Un soldat qui tenait une lance gisait là, tout près de lui. Du pied, Jirô lui tâta la tête. Ami ou ennemi, l'autre ne bougea point.

Jirô se courba et tenta de prendre la lance que le mort tenait au poing. Le mort tenait obstinément l'arme serrée dans sa main. Jirô maintint du pied l'épaule de l'autre et lui arracha la lance. La lance à la main, Jirô tomba assis par terre.

C'est alors qu'il aperçut un guerrier qui venait vers lui à pas mesurés. L'homme, sans même accorder un regard à Jirô, toujours assis, passa à côté de lui à grandes enjambées, puis il s'arrêta comme pour reprendre son souffle.

Le flot de tresses rouges qui ornait la lance sur laquelle il se tenait appuyé frappa les yeux de Jirô. Celui-ci se releva et, tenant la lance qu'il avait arrachée de la main du mort, il s'approcha du guerrier par-derrière, à pas de loup. L'autre se retourna.

– Qui es-tu ? dit-il.

– Compagnie d'Ogasawara ! dit Jirô.

Sachant qu'il avait affaire à un soldat de son parti, le guerrier aussitôt lui tourna le dos. Jirô fit deux ou trois pas encore dans la direction de Yamané, puis, de toutes ses forces, il pointa sur lui la lance qu'il tenait serrée contre son flanc.

L'instant d'après, Jirô voyait le fer de la lance qui s'enfonçait dans le corps de Yamané Sennosuké. Yamané se tordait de droite et de gauche. Comme il l'avait embroché par-derrière, Jirô ne pouvait voir les traits de son adversaire ; il eut simplement l'impression que la lance était devenue terriblement lourde. Il avait le sentiment d'avoir exterminé un être malfaisant.

Et puis soudain, la lance redevint légère. Le corps de Yamané tomba en avant, et Jirô, par réaction, tomba en arrière. Après deux tours sur lui-même, il se retrouva étendu de tout son long sur le chemin de rizière. L'instant d'après, il ne sut combien de chevaux, lancés au galop, lui passèrent dessus, l'évitant à chaque fois en faisant un saut prodigieux.

Deux mois s'étaient écoulés depuis la fin de la campagne d'été contre Ôsaka, quand Kyûroku revint à

Iida ; dix jours plus tard, il était libéré et regagnait le village de Sakabé.

Par la bouche de Kyûroku, la nouvelle se répandit dans tout le village que Jirô, pour avoir blessé par inadvertance un guerrier de son propre parti, avait été puni et reviendrait avec un retard d'un mois.

Le chef du village, Kumagaï Naotaka, fut convoqué à Iida, et ce qu'on lui fit savoir correspondait en gros aux dires de Kyûroku.

Naotaka revint au village et fit passer un avis.

À savoir que Jirô, avec la maladresse qu'on lui connaissait, avait pénétré avec l'armée dans les positions ennemies, et que là, il avait, par erreur, infligé une blessure à un homme lige de Futagi Kanzaémon, grand intendant d'Iida, ce qui était certes une faute grave. Toutefois, comme il avait agi ainsi par erreur, et que la blessure était sans conséquence, Jirô reviendrait au village un peu plus tard, mais sans autre dommage.

Conformément à cet avis, Jirô revint effectivement. Le lendemain de son retour, Naotaka annonçait que pour dédommager de leur peine Jirô et Kyûroku, il leur donnait à chacun un champ de brûlis. Jirô ne reçut que le brûlis, cependant que Kyûroku se voyait attribuer, outre le champ, une montagnette située à l'ouest du village.

Cette année-là, à la fête d'automne, alors que Jirô était en train de boire du *saké* dans la salle du temple, Kyûroku montra son visage :

– Tâche de ne pas parler quand tu auras bu ! dit-il.

Cela sonnait comme une mise en garde.

– Tu sais, toi ?

Jirô regarda fixement Kyûroku et ses yeux jetaient des éclairs.

– Pourquoi je ne saurais pas ? répondit Kyûroku.

Jirô, dont l'ivresse faisait briller les yeux, voulut parler encore.

– Dis rien ! je n'écoute pas, je n'écoute pas !

Ce disant, Kyûroku quitta précipitamment la salle.

Tout le village tint bientôt Kyûroku pour un homme de bon conseil, cependant que Jirô se faisait, jusque dans les cantons voisins, une solide réputation de sot.

Kyûroku vécut jusqu'à quatre-vingts ans ; quant à Jirô, il mourut de maladie dans sa trente-deuxième année.

LE COUP DE FOLIE D'INUBÔ

C'était le cinq de la neuvième lune de l'an dix de Tenbun (1541).

Dans les dix-huit villages qui parsemaient la vallée du sud d'Ina, laquelle recèle dans ses profondeurs les rapides vert-noir de la Tenryûgawa, un ordre urgent venait d'arriver du château de Wachino, de la part du hobereau, Séki Shinzô Kunimori, qui était le seigneur de tout ce canton. Ce dernier avait appris que les troupes de Shimoéda, dont le fief jouxtait celui des Séki, marchaient sur le château de Wachino, aussi enjoignait-il aux chefs des villages de rejoindre le château sur l'heure, avec toutes les forces dont ils pouvaient disposer.

Les possessions des Séki consistaient en cinq villages dits « l'ancien domaine », qui comprenait le village même de Wachino, ainsi que Shinno, Mukôgata, Fukushima et Naganuma, placés sous l'autorité d'une maison vassale intimement liée aux Séki, les neuf villages de Kawada, Kamikodani, Goku, Ono, Heikyû, Waséda, Ido, Kamomé et Kamikuri, régis par sept familles de chefs de village, elles aussi liées aux Séki depuis plusieurs générations, et dits « des chefs anciens », et enfin les quatre villages de Sakabé, Ichihara, Ôtani et Kawachi, rattachés au fief l'avant-dernière année seulement, et nommés de ce fait « les villages à part ». Il y avait, outre ceux-là, neuf autres villages, à savoir Washitsu, Asano, Kadohara, Konakao, Tano.ué, Ômori, Fukami, Senbon et Ôhira, que les Séki avaient acquis cette année même et qui, de ce fait, étaient encore, pour cette fois, exemptés de service armé.

Les hommes, paysans et gens de guerre indifféremment, couraient par le chemin de crête, gravissant des montagnes, descendant au fond des vallées, et quand ils arrivaient enfin à l'entrée du village qui leur avait été assigné aux uns et aux autres, ils s'arrêtaient un instant comme s'ils s'étaient donné le mot.

– C'est la guerre ! c'est la guerre ! clamaient-ils à pleine voix, après quoi ils prenaient leur élan et couraient droit au village plongé dans un silence pesant et qui les engloutissait.

Les Séki étaient les maîtres à l'heure actuelle de vingt-sept villages, qui leur donnaient un revenu de trois mille deux cent cinquante-deux *kan*. Le château, de dimensions modestes, n'était guère plus qu'un manoir, mais il occupait une position stratégique au confluent de la Wachinogawa et de la Tenryûgawa. Le seigneur actuel, Séki Shinzô Kunimori, était le quatrième des Séki, mais c'était surtout ces toutes dernières années que leur puissance s'était accrue, et voilà trois ans, l'an sept de Tenbun (1538), ils avaient abandonné le castelet de Shinno où ils résidaient jusque-là, pour construire ce château sur une éminence dont la

Tenryûgawa faisait le tour, château auquel fut donné le nom de Wachino-gongen.

Les Séki et les Shimoéda s'étaient déjà heurtés à plusieurs reprises dans le passé. Ces deux familles de hobereaux, qui avaient établi leur domination sur deux sections contiguës de l'étroite vallée d'Ina, étaient pour ainsi dire condamnées par le destin à se mesurer quelque jour en un affrontement décisif.

Le premier des Séki, Moriharu, était tombé dans ce val d'Ina l'an cinq de Bun.an (1448). Moriharu était un *rônin* d'Isé, mais, expulsé par les paysans de sa région d'origine, il était venu s'établir au village de Shinno, puis s'était rendu maître de cinq villages voisins, avant de mourir à soixante-dix ans. Son fils aîné, Morikuni, lui succéda ; il prit le nom de Tôtomi-no-kami Morisada et appela son manoir le château de Hizashi. C'est de son temps que le revenu des Séki atteignit un montant digne d'une famille seigneuriale. Ce personnage mourut, dit-on, à l'âge respectable de cent neuf ans, et son fils aîné, Moritsuné, recueillit son héritage. Troisième de la lignée, Aki-no-kami Moritsuné se battit avec les Shimoéda, leur enleva huit villages et construisit le château de Yagusa qu'il abandonna pour celui d'Uéda, avant de s'installer dans l'actuel château de Wachino ; parvenu à un âge avancé, il avait depuis peu cédé le pouvoir à son fils, Kunimori.

La date à laquelle ce dernier avait supplanté son père n'est pas établie avec certitude, mais on est fondé à estimer qu'il y avait de cela quelques années déjà. Kunimori, qui était à présent dans sa vingt-septième année, était en effet un homme d'un naturel emporté, ambitieux et dominateur, un personnage donc dont on a peine à croire qu'il ait pu indéfiniment se soumettre aux ordres d'un père. À peine s'était-il installé au château de Wachino-gongen, et alors que les murs n'étaient pas secs encore, que déjà sur les vantaux du portail l'on trouvait collés des placards.

Il se nomme Shinzô
mais n'est jamais que le fils
d'une pluie de grêle
dont le père est à présent
le gouverneur de mal en pis

Kunimori est le nom
de ce coléreux gardien
des petits enfants
qui les frappe et qui les bat
et toujours les fait pleurer

Voilà qui en disait long sur les sentiments que portaient à Shinzô Kunimori les gens de son fief. Sa mauvaise réputation était telle que par ricochet elle éclaboussait jusqu'au renom de son père Aki-no-kami. Cependant, Kunimori avait bien été obligé, au prix de lourdes corvées infligées à ses paysans, et quelles que fussent les rancœurs et les haines qui en résulteraient, de construire ce château de Gongen, base et garantie de l'ensemble de ses possessions d'Ina. Et s'il avait, cette année-là même, réussi par la contrainte à placer neuf nouveaux villages sous sa domination, c'était grâce à la puissance militaire que démontrait la seule présence de ce château.

La guerre que lui déclarait cette fois son voisin du nord, Shimoéda Tokiuji, était pour l'impétueux Shinzô Kunimori une aubaine inespérée.

Une heure environ après qu'il eut lancé son ordre urgent, il se tenait sur une tourelle d'angle et regardait les petites bandes de paysans en armes qui convergeaient vers la forteresse.

– Ces marauds, ils pourraient faire un peu plus vite !

Voilà ce que grommelait entre ses dents ce jeune capitaine de vingt-sept ans, au visage rougeaud, au menton saillant, à l'œil vif. Ce n'étaient certes pas là des paroles dignes d'un seigneur.

Si leur seigneur n'avait rien de seigneurial, les guerriers qui étaient en train de se rassembler sur la place devant le portail du château de Gongen n'avaient quant à eux rien de bien martial. Leur accoutrement était bigarré et disparate. Une bonne partie d'entre eux étaient venus la pioche sur l'épaule, et leur costume n'eût certes pas prêté à rire s'il s'était agi d'aller travailler à la montagne. Il en était qui portaient une écharpe nouée sous le menton, d'autres avaient mis leur serre-tête. Avec cela ils étaient harnachés de choses qui ressemblaient à des cuirasses, mais à l'un manquaient les jambières, à l'autre les brassards, bref, pas un n'était équipé de façon satisfaisante. Ce qui, étrangement, faisait qu'ils avaient l'air de porter non point des cuirasses, mais des vêtements de travail pour la montagne ou les champs.

Séki Shinzô examina ses forces rassemblées sur la place devant la poterne du château : trois cent soixante hommes des villages du bas, quelque cinq cents des villages du haut, soit au total environ huit cent soixante hommes. Dès qu'il les eut passés en revue, il les fit descendre sur les berges de la Wachinogawa, à quatre ou cinq cents pas du château, où, répartis en trois compagnies, ils attendirent de pied ferme l'host de Shimoéda.

Une heure environ s'était écoulée, quand une troupe de quelque trois cents hommes, l'avant-garde ennemie sans doute, arriva au pas de charge en poussant des cris discordants, pour prendre position sur l'autre rive. Leur chef était Kogikumaru, le fils aîné de Shimoéda Tokiuji, qui, bien que fièrement campé sur son cheval, n'était qu'un enfant dans sa treizième année, et qui portait encore les cheveux coupés en frange sur le front.

De la troupe des Séki sortit un guerrier réputé pour sa force sans égale, du nom de Kamakura Heitayû ; il entra dans le cours d'eau et avança de deux ou trois toises, puis d'une voix puissante, il interpella l'autre camp :

– On avait annoncé une chevauchée de messire Tokiuji, et j'étais venu tout joyeux, or voilà que c'est un gamin qu'il nous envoie ! Ça me fait mal au ventre ! Alors je propose qu'au lieu de nous livrer bataille, nous nous amusions à nous jeter des pierres. Vous en serez d'accord, j'espère !

À peine eut-il achevé son discours que les pierres lancées du camp des Séki se mirent à pleuvoir sur la rive d'en face. Ce fut le signal de la bataille.

Quelque cinq cents hommes des forces de Séki se jetèrent tous ensemble dans la rivière en soulevant des gerbes d'eau et entreprirent de la traverser. Au même moment, les trois cents hommes de Shimoéda se lançaient eux aussi dans le cours d'eau.

L'instant d'après, ce fut la mêlée des deux armées au beau milieu de la rivière. Sabres et lances étincelaient au soleil d'automne déclinant, des gerbes d'eau jaillissaient de tous côtés, qui de même scintillaient au soleil. Les appels et les clameurs se mêlaient au bruit du courant. Cependant qu'en dehors du secteur où se déroulaient les combats, la Wachinogawa, en amont comme en aval, dont les courtes vagues miroitaient à l'entour des bancs de sable, s'écoulait paisible, indifférente au tumulte.

La bataille dans la rivière ne dura pas longtemps. La troupe de Séki, forte de sa supériorité numérique, avait dès le départ pesé sur celle de Shimoéda, de sorte que l'enfer de la bataille s'était bientôt déplacé vers la plage de sable blanc de l'autre rive. Et là non plus, la bataille ne s'était éternisée. La troupe de Shimoéda, qui s'était effondrée en un instant, quitta la plage pour escalader les hauteurs sans même prendre le temps de se regrouper, après quoi elle dut abandonner les sommets à leur tour, et ce fut, par les chemins qui sillonnaient le plateau, le sauve-qui-peut et la débandade. Nul plus ne songeait à s'arrêter pour tenter de se battre encore. Chacun mettait toute son énergie dans la fuite.

Deux cents hommes environ de la troupe de Séki s'étaient lancés à la poursuite de ceux de Shimoéda. Fatigués d'avoir parcouru de la sorte une bonne lieue, une partie des hommes de Shimoéda fit halte et tint tête aux gens de Séki. Une petite bataille s'engagea.

Des hommes tombaient. Derechef, ceux de Shimoéda lâchaient pied et se remettaient à courir.

– Repliez-vous !… Ne les poursuivez plus !… Repliez-vous !…

Plusieurs voix s'étaient élevées parmi les gens de Séki. Poursuivre l'ennemi trop loin était dangereux à coup sûr. Arrivé à ce point, on était sur le territoire des Shimoéda. Il n'était pas du tout exclu que des soldats ennemis, embusqués quelque part, fondissent sur eux d'un moment à l'autre. Deux bons tiers des poursuivants, à cet ordre, s'étaient arrêtés, mais le tiers restant de ces soldats improvisés étaient parvenus à un tel degré d'excitation qu'ils étaient incapables de savoir ce qu'ils faisaient, si bien qu'ils continuaient, sur leur lancée, de courir derrière les fuyards.

On courut encore une bonne lieue, et de nouveau s'engageait une escarmouche. Cette fois, il n'y avait plus que quarante ou cinquante hommes en tout, qui ferraillaient ferme.

Et cette fois encore, une voix s'éleva parmi les gens de Séki :

– Repliez-vous !… Repliez-vous !…

Et de nouveau, après quelques instants, les guerriers de Shimoéda se remettaient à courir, poursuivis par une dizaine d'hommes de Séki. Ils avaient parcouru quelques centaines de pas, quand une nouvelle fois, l'on entendit une voix qui tentait de faire cesser la poursuite :

– Repliez-vous !… Repliez-vous !…

Celui qui avait lancé cet ordre était un cavalier. La dizaine d'hommes d'armes de Séki qui restaient dans la course s'étaient arrêtés net, comme s'ils étaient revenus à eux. Et à l'instant même où ils s'étaient arrêtés, le péril dans lequel les avait entraîné leur poursuite soudain s'imposait à leur esprit. Aussitôt ils faisaient demi-tour, et se mettaient à courir sans demander leur reste, mais en sens inverse cette fois.

Un seul des soldats toutefois n'avait pas obéi aux ordres. C'était Inubô, le fils de Sôjû, un paysan du village d'Ono, qui pour la première fois de sa vie prenait part à une bataille.

Inubô, un gaillard de dix-sept ans que les presque six pieds de sa taille faisaient paraître plus que son âge, courait, légèrement penché en avant, une énorme rapière sur l'épaule droite, à quatre ou cinq toises à peine des derniers des fuyards. Depuis qu'il était resté tout seul, il avait parcouru quelques centaines de pas. À dire vrai, son allure n'était plus régulière. De temps à autre, il s'arrêtait, sa poitrine dure comme le roc agitée d'un mouvement spasmodique, et il attendait que se calme la douleur qui perçait son flanc, après quoi il se remettait à courir. Et puis, juste au moment où il croyait rattraper les traînards du parti de Shimoéda, de nouveau il pressait, dépité, son poing contre son flanc douloureux.

Plusieurs fois déjà ce manège s'était répété, quand soudain il vit les trois derniers des soldats ennemis s'arrêter net.

Surpris, Inubô s'arrêta lui aussi. Les trois hommes le fixaient d'un air incrédule.

– Qui es-tu, toi ? dit l'un des trois soldats, haletant.

– Inubô, du village d'Ono.

– Ono, dis-tu ? Alors tu es un gars de Séki ?

Il semblait ne pas s'être avisé jusque-là qu'il avait affaire à un ennemi.

– Ça, tu l'as dit ! dit Inubô.

Et en même temps le sabre qu'il portait sur l'épaule s'abattait droit devant lui. La lame avait fendu le crâne de l'homme qui, avec un hurlement d'agonie, tournait sur lui-même et s'écroulait. Le tout s'était passé en un clin d'œil. Hors d'eux, les deux autres frappèrent ensemble. Inubô fit un bond en arrière et son arme balaya l'espace. Au même instant retentit un double cri de douleur. L'un de ses adversaires s'était écarté de quatre ou cinq pas à cloche-pied, l'autre avait couru en boitant jusqu'à un pin du bord de route, dont il tenait embrassé le tronc. L'un et l'autre avaient le mollet entaillé par la pointe du sabre d'Inubô.

Inubô s'approcha du soldat qui était tombé, et quand il eut constaté que celui-ci ne respirait plus, il se mit à califourchon sur le corps. Après quoi, comme il eût fait d'un hachoir à légumes, il plaqua les deux mains sur le dos de la lame qu'il tenait horizontalement, et lui coupa le cou. Cette opération lui avait pris plus de temps qu'il ne l'aurait cru. Ensuite il enveloppa la tête de l'homme dans un vêtement qu'il lui avait arraché, mais quand il se redressa, son paquet à la main, les deux autres avaient disparu. Sans doute s'étaient-ils cachés à l'abri de la digue de quelque rizière.

C'est alors seulement que, le ballot contenant la tête sous le bras, il reprit la route de Wachino où se trouvaient ceux de son parti. Comme tout à l'heure, tantôt il courait, tantôt il s'arrêtait. Le chemin lui parut terriblement long. Rien d'étonnant à cela, puisque sa poursuite l'avait, sans qu'il s'en fût aperçu, mené jusqu'à la lande d'Awano, à une distance de près de trois lieues du château.

Quand il eut parcouru une lieue environ, à l'endroit où le chemin bifurquait, Inubô pénétra dans l'herbe haute du bord de route, farfouilla un petit moment, et bientôt retirait d'entre les herbes une tête coupée. C'était celle d'un ennemi qu'il avait précédemment occis à cet endroit, et dont il avait dissimulé la tête dans une touffe d'herbe.

À partir de là, Inubô cessa de courir, pour marcher posément. Marcher avec deux têtes sous le bras n'est pas chose aisée. Il traversa plusieurs hameaux, mais partout les portes étaient solidement barricadées.

Enfin il pénétra dans la cour d'une maison d'assez grandes dimensions, d'apparence ancienne ; il fit par la gauche le tour du bâtiment et se trouva à la porte de derrière. Il avait envie de boire de l'eau et il cherchait le puits, mais pas de puits en vue.

Inubô refit donc le tour et donna deux ou trois coups de pied dans la porte en criant :

– Holà ! de l'eau ! y a pas d'eau ?

Un silence de mort régnait dans la maison aux portes, là aussi, solidement barricadées. Mais pour closes qu'elles fussent, il était improbable qu'il n'y eût personne. Tout le monde avait dû, par peur des combats, se terrer quelque part.

Et de nouveau, Inubô envoya un vigoureux coup de pied dans la porte.

– Tout de suite ! Je vais ouvrir !

C'était une voix de femme, juste derrière la porte. Celle-ci s'ouvrit. Une fille d'une vingtaine d'années se tenait debout dans l'embrasure. Laissant la porte ouverte, elle recula de deux ou trois pas vers l'intérieur de la spacieuse entrée au sol de terre battue, mais en même temps, Inubô s'écartait de trois ou quatre pas de la porte. La beauté de la fille l'avait littéralement ébloui. Son habillement, son visage, sa démarche, indiquaient sans ambiguïté qu'elle était la fille de cette maison d'apparence ancienne. Inubô répéta en bégayant :

– De… de l'eau !

– De l'eau, dites-vous ?

La femme disparut au fond de la maison, mais revenait bientôt avec un seau et une puisette. Elle portait le seau à grand effort comme s'il était très lourd, mais quand il regarda dedans, il put constater qu'il contenait juste un peu d'eau, tout au fond.

Inubô prit la puisette de la main blanche et fine de la femme, et la remplit. Plusieurs fois il la vida en buvant avec des raclements de gorge. Et tout en buvant, Inubô gardait ses gros yeux fixés sur la fille.

C'est ainsi qu'il put voir le beau visage se contracter brusquement. Tout contracté qu'il fût, il n'en restait pas moins beau. Tout le corps de la fille était secoué d'un tremblement irrépressible. Sa façon de trembler faisait penser à un objet agité par le vent. Et puis soudain, elle tomba en avant. Inubô, surpris, la reçut dans ses bras. L'instant d'après il se voyait tenant embrassé un objet fragile et précieux dont il ne savait trop quoi faire.

– Les… les têtes ! balbutia la femme, les yeux fermés.

Alors seulement, Inubô s'avisa que c'était le paquet qu'il avait déposé à ses pieds qui avait provoqué la défaillance de son interlocutrice. Il y jeta un coup d'œil : le ballot s'était défait et les deux têtes avaient roulé à terre.

Inubô resta un moment figé sur place, tenant toujours la fille dans ses bras. Mais bientôt il essayait de secouer deux ou trois fois le corps gracile.

– Les… les têtes !

Le même mot s'échappa de la bouche de la fille, dont les yeux étaient toujours fermés.

– Faut pas avoir peur !

Inubô, qui maintenait des deux mains les épaules de la fille, regardait de haut son visage. Il resta un instant dans cette posture, puis son propre visage s'inclina doucement vers celui de la femme. Lui-même ne savait pas ce qui pouvait bien le pousser à agir ainsi. Son visage rejoignit le visage de la fille. Et à l'instant où ses lèvres touchèrent les lèvres de la femme, Inubô sentit tout son corps traversé par un incompréhensible mouvement de terreur. Il se dépêcha d'étendre la fille à terre.

– Les… les têtes !

– Faut pas avoir peur ! Je vais vous les emporter !

Inubô remballa les têtes dans leur toile et les reprit sous son bras. Pour faire plaisir à cette fille, se disait-il, il fallait les remporter sans tarder. Avant de s'en aller, il regarda une dernière fois le blanc visage de la fille. Elle semblait être enfin revenue à elle et, avec un petit cri, elle essaya de redresser le buste.

Inubô se mit à marcher. Au moment de sortir sur la route, il jeta un coup d'œil dans la cour. Plusieurs femmes, des servantes apparemment, sorties d'il ne savait où, couraient à présent vers la fille. Arrivé sur la route, Inubô courut comme dans un rêve. Ses jambes étaient molles comme si la fièvre les eût affaiblies. Le blanc visage de femme dont les lèvres avaient effleuré les siennes flottait sans cesse devant ses yeux.

– Ouah ! clamait-il de temps à autre, toujours courant.

Lorsque toutefois il fut arrivé à un certain endroit, situé à une demi-lieue du château de Wachino, Inubô se souvint d'une tâche qui l'attendait là. Il pénétra dans un fourré qui bordait la route et en ressortit avec une autre tête encore, qu'il avait elle aussi cachée tout à l'heure. Trois têtes en tout donc, pour témoigner des exploits d'Inubô dans sa première campagne.

Vers le soir enfin, Inubô retrouvait le banc de sable sur la berge de la Wachinogawa, éclairé par les flammes de plusieurs brasiers. Les valeureux guerriers, dispersés sur la plage spacieuse, fêtaient leur victoire à grand renfort de *saké*. Inubô, trimbalant la grande toile qui renfermait les trois têtes, chercha le détachement auquel il appartenait. Son supérieur immédiat était le chef du village d'Ono, Enami Sakuzaémon. Quand Inubô eut enfin découvert l'endroit où ses camarades s'étaient regroupés, il alla s'asseoir parmi eux, mais ce fut pour apprendre qu'une surprise l'attendait.

– Inubô, tu sais, on va te couper la tête ! dit l'un des hommes.

– Et pourquoi cela ?

– Ben voilà, il paraît qu'un des nôtres s'était fait avoir par un ennemi, et que tu ne l'as pas secouru !

Les témoins étaient, disait-on, le chef du village de Kamikodani qui avait été grièvement blessé dans la bataille de ce jour, et d'autres encore qui avaient fait à peu de chose près le même récit. Et quand on le lui répéta, il convint que cela s'était bien passé de la sorte. Au beau milieu du combat dans le lit de la rivière, quelqu'un l'avait en effet appelé à l'aide ; mais Inubô ne s'était pas rendu, ou plutôt n'avait jamais eu la moindre velléité de se rendre à un pareil appel. Ami ou ennemi, dans une bataille, c'est chacun pour soi.

– Secourir un des nôtres ? Bien sûr que non ! C'était la bataille ! dit Inubô.

Il était hors de lui.

– Et puis, t'as pas entendu les ordres, où c'est donc que tu es allé ? Monsieur Sakuzaémon a piqué une de ces colères !

Inubô saisit le ballot aux têtes coupées et se releva d'un bond. De rage, il tremblait de la tête aux pieds. Il s'était levé si brusquement que les soldats qui l'entouraient, surpris, s'écartèrent précipitamment. Quand ce gaillard, irascible et doué d'une force prodigieuse, se déchaînait, ils savaient d'expérience qu'il était impossible d'en venir à bout. Si du reste on l'avait surnommé Inubô, c'était à cause de sa dextérité à tuer un chien (*inu*) d'un seul coup bien ajusté.

– Tirez-vous ! tirez-vous !

Déjà Inubô, fendant la foule des hommes d'armes, marchait à grandes enjambées vers le portail du château. Devant celui-ci, une dizaine d'officiers étaient réunis autour de Kunimori. Il alla droit sur eux. Un rideau les entourait, et l'endroit était éclairé par plusieurs brasiers qui jetaient des lueurs rouges.

Inubô, sans en être intimidé le moins du monde, souleva le rideau et entra d'un pas décidé dans l'espace réservé aux chefs. Qu'Enami Sakuzaémon eût osé dire qu'il lui couperait la tête avait mis le jeune homme en rage.

Inubô sentit peser sur lui les regards de tous ces capitaines.

– Fiche le camp ! s'écria quelqu'un.

Inubô cependant, sans lui accorder la moindre attention, faisait des yeux le tour de l'assemblée, puis, quand il découvrit, à côté de l'un des brasiers, le vieux corps étriqué du sexagénaire Sakuzaémon, il alla vers lui et déposa à ses pieds les trois têtes bien alignées, après quoi il s'assit jambes croisées et dit :

– J'ai pris trois têtes, les voilà ! Allez-y, coupez-moi la mienne et rangez-la avec !

Inubô vit le vieux tyran de son village qui se levait, le visage empourpré. Inubô ferma les yeux. Un sentiment de révolte et de dépit l'avait envahi : si tu veux me couper la tête, vas-y, coupe donc !

Il entendit le son de plusieurs voix qui parlaient à la fois. Il entendit le bruit de pas de plusieurs hommes. Il entendit des voix furieuses et d'autres voix qui s'évertuaient à les calmer.

Après un bon moment, il sentit qu'on l'empoignait par les deux bras. On le mit debout et on le força à marcher, puis on le fit asseoir.

– Inubô ! Sakuzaémon a bien voulu te donner à moi. À partir de ce jour, tu fais partie de ma garde.

C'était la première fois qu'Inubô voyait de si près le seigneur Kunimori. Il leva les yeux et contempla longuement, comme s'il voulait l'adorer, le visage de Séki Shinzô Kunimori, cet homme qui avait accumulé sur sa tête tant de motifs d'exécration. Une inexprimable émotion s'était emparée du grand corps d'Inubô. Pour ce jeune seigneur, il était prêt à sacrifier sa vie, se disait-il à cet instant. Le visage de Séki Shinzô Kunimori, que tous les paysans craignaient et haïssaient, lui paraissait infiniment noble et loyal.

C'est après ce conflit avec Shimoéda Tokiuji en l'an dix de Tenbun (1541) que la mauvaise réputation de Séki Shinzô Kunimori se répandit vraiment, non seulement dans la vingtaine de villages de son fief, mais jusque dans les domaines et cantons voisins. Avant cette époque, les critiques n'allaient guère plus loin que des considérations sur la violence de son caractère ou les bizarreries de son comportement, et l'on s'accordait même à reconnaître au jeune capitaine du château de Gongen une certaine loyauté qui n'était pas pour déplaire. On donnait pour véridiques toutes sortes d'histoires incontrôlables, venues d'on ne savait où ; on racontait par exemple que Séki Shinzô Kunimori, un jour de la sixième lune où l'on procédait comme chaque année au séchage des objets renfermés dans les réserves, avait capturé un être étrange venu sur un nuage, et que c'était pour cela qu'il avait entouré d'un rond de nuages le papillon aux ailes fermées de son blason.

Après la guerre toutefois qui l'avait opposé aux Shimoéda, un orgueil démesuré s'était emparé de Kunimori, si bien qu'il en vint à dédaigner des chefs de village qui avaient servi sa maison depuis des générations et à multiplier les exactions qui lui attiraient la haine et le mépris de tous les gens de son fief.

Les choses empirèrent encore après que son père Moritsuné lui eut officiellement transmis ses pouvoirs, et il se livra à des actes d'une violence telle qu'on pouvait se demander s'il n'était pas devenu fou furieux. On ne comptait plus les gens qu'il avait frappés à mort pour une peccadille. Vers la même époque, il avait acquis une arquebuse, et pour s'entraîner au tir, il allait tous les jours à la montagne ; chaque fois qu'il voyait passer un paysan, il le prenait dans sa ligne de mire en dépit des efforts que faisaient ses gardes pour l'en dissuader. Un certain nombre d'innocents passants avaient péri de la sorte.

Avec cela, il écrasait d'impôts ses paysans, et comme cela ne suffisait pas encore, il inventa une taxe sur les mariages. On en fit une chanson que l'on chanta dans tous les villages du fief.

Monsieur Kunimori de Wachino
a mis un impôt sur les épousailles
trois cents deniers pour qui prend épouse
trois cents deniers pour la jeune épousée
et cinq cents si elle est de bon parage
jamais on n'a ouï chose pareille

Un seul homme restait obstinément fidèle à Shinzô Kunimori au milieu de l'hostilité générale. Cet homme était Inubô.

Non point certes qu'il approuvât les folies de son jeune seigneur, mais le serment qu'il s'était juré quand celui-ci l'avait pris parmi ses gardes, de sacrifier sa vie pour lui, ce serment était présent comme au premier jour dans le cœur, dur comme le roc, d'Inubô.

Inubô servait son maître aveuglément. Kunimori lui ordonnait-il de collecter les impôts, pour l'amour de son seigneur, Inubô collectait les impôts, dût-il bourrer de coups de pied des misérables paysans qui pleuraient et suppliaient.

Séki et Shimoéda s'étaient après cela encore opposés maintes et maintes fois, à tout propos, et les escarmouches n'avaient de cesse, si bien qu'il n'eût pas été étonnant qu'un jour ou l'autre ils se fussent heurtés violemment, quand, vers la fin de l'an onze de Tenbun (1542), Shimoéda fit des offres de paix, et c'est ainsi qu'il fut convenu que les deux maisons échangeraient des otages.

L'otage que Shimoéda envoyait à Séki arriva le jour où un hiver précoce s'annonçait dans le val d'Ina. Le vent était si fort que le bac sur lequel l'otage devait franchir la Wachinogawa ne put accoster le débarcadère et alla s'échouer loin en aval. La foule des villageois qui s'étaient attroupés pour voir l'otage courait sur le rivage pour rejoindre la barque.

L'otage était une demoiselle Otowa, la fille d'une vieille maison vassale des Shimoéda, qu'accompagnait son oncle, un homme de guerre du nom de Sasaki Kurando Sukétaka.

De son côté, Inubô était descendu sur la berge de la Wachinogawa avec quelques hommes d'armes pour l'y accueillir, mais quand il aperçut la figure d'Otowa qui marchait d'un pas mal assuré sur les galets de la rive, il poussa un cri de surprise. Car c'était sans l'ombre d'un doute la fille qui, lors de la bataille de l'autre année, dans la vieille maison où il était entré pour boire de l'eau, avait perdu connaissance à la vue des têtes coupées qui avaient roulé à terre.

Inubô alors, au fur et à mesure qu'Otowa se rapprochait de lui, fut pris d'une envie frénétique de s'enfuir. Comme toutefois il était venu l'accueillir sur l'ordre de son seigneur, il lui était impossible de se sauver. Il crut sentir tout le sang de son corps lui monter à la tête. Le souffle rauque, il vit Otowa et son oncle qui se tenaient debout devant lui à moins d'une toise. De cet instant, ce fut au contraire une sensation de froid intense qui commença à l'envahir. Tous ses membres étaient secoués d'un tremblement incoercible.

L'un des guerriers de Shimoéda, un homme d'âge mûr, qui était venu escorter l'otage, demanda en regardant autour de lui :

– Qui est l'otage que nous devons recevoir ?

– Il, il, il… ! bredouilla Inubô.

Il avait beau essayer de prononcer les mots que Shinzô lui avait ordonné de dire, à savoir qu'il n'y avait personne, les mots refusaient de se former dans sa bouche.

– Où donc est-il ? insista l'autre.

– Il, il, il n'y a…

Inubô se remettait à bégayer, puis, découragé, il choqua le bout de la hampe de la lance qu'il tenait à la main contre une pierre de la berge, en jetant à son interlocuteur un regard furibond. L'homme fixa un instant les yeux d'Inubô qui lançaient des éclairs, et l'idée d'un danger peut-être l'effleura-t-elle.

– Bon, bon, je reviendrai un autre jour ! Sur ce… ! dit-il, puis, après avoir salué Otowa l'otage et Sasaki Kurando d'une inclinaison de tête, comme si de rien n'était, il s'éloigna sans demander son reste en direction de la barque.

Shinzô Kunimori avait donc pris l'otage des Shimoéda, mais lui-même n'avait jamais eu la moindre intention d'en livrer un de son côté. Shimoéda eut beau le rappeler à l'ordre à plusieurs reprises, il fit la sourde oreille et n'obtempéra point.

Otowa et Sasaki Kurando se virent attribuer des chambres dans la tourelle du sud-ouest, où ils demeurèrent désormais.

Inubô, quant à lui, depuis l'arrivée d'Otowa, prenait bien soin de ne pas s'approcher de cette tourelle. Qu'une tâche importante l'y obligeât, il cherchait autant que possible à se faire remplacer par un autre. Il ne savait pourquoi, mais il n'avait aucune envie de se retrouver face à face avec Otowa.

Le jour où elle était venue en otage, quand ils s'étaient rencontrés sur la berge, Otowa avait certes vu Inubô, mais son expression n'avait changé en aucune façon. Elle n'avait apparemment pas conservé le moindre souvenir du visage d'Inubô. Et malgré cela, pour quelle raison Inubô évitait-il Otowa ? Lui-même aurait été bien en peine de le dire. Quoi qu'il en fût, dès qu'il entrevoyait la silhouette d'Otowa, sa poitrine se déchirait, le souffle lui manquait, et il lui semblait qu'il allait être contraint à se livrer à des actes insensés, à proférer des discours incohérents.

Vint l'an treize de Tenbun, année du dragon (1544). Sur les villages du fief des Séki s'était insensiblement étendu un climat d'agitation et d'inquiétude. Les sentiments de révolte contre le seigneur Shinzô Kunimori s'exprimaient même par la bouche des petits enfants innocents :

Le diable est venu
c'est messire Shinzô
c'est messire Shinzô

Assimilant Shinzô Kunimori à un diable, voilà ce que clamaient les enfants en se poursuivant aux carrefours des villages ou dans les champs.

Cependant le printemps passait, l'été était venu, mais quand se leva le vent de la huitième lune, annonçant le début de l'automne, une accalmie de mauvais augure s'étendit sur tout le fief. Sur les lieux de travail, dans la rizière ou dans la montagne, les conciliabules entre paysans prenaient un tour étrangement mystérieux. On murmurait à voix basse des phrases dans lesquelles revenaient les mots de *Shimoéda*, de *supplique*, ou d'*expédition*.

Les paysans du fief, avec la connivence des chefs de village, faisaient enfin tenir à Shimoéda Tokiuji un document où, en soixante-quinze articles, ils relevaient les forfaits de leur seigneur Kunimori, et pour finir ils le priaient d'investir le château de Wachino.

Le treize de la huitième lune, vers les onze heures, un ordre secret de Shimoéda fut répandu dans les villages du fief de Séki. Le soir du même jour, vers les cinq heures, les gens de ce fief se retrouvaient dans la lande au pied du mont Fukushima pour y attendre l'arrivée de l'host de Shimoéda.

La nuit venue, vers les dix heures, des signaux de feu s'élevaient du plateau de Dôdô occupé par celui-ci. En réponse, ceux de Séki allumaient des feux au sommet du Hachiman-maru.

Les gens du fief en amont du château et la troupe de Shimoéda, en aval, maintenaient le contact au moyen de sifflets imitant le brame du daim, cependant que les deux armées convergeaient vers le château de Wachino.

Au château, ce soir-là, on avait banqueté et bu ferme autour de Kunimori, jusque tard dans la nuit ; vers la minuit enfin, chacun s'était retiré pour aller dormir.

Inubô avait étendu sa couche dans la salle des gardes, quand il lui sembla entendre une rumeur confuse du côté de la façade ; il se glissa hors de son lit et repoussa légèrement le volet qui donnait sur la cour. Puis il referma précipitamment ce volet et se mit à crier :

– Alerte !

Ce qu'il avait vu, c'était une foule d'ombres noires qui sautaient le mur ou surgissaient du couvert pour s'introduire dans la cour intérieure. À la lueur des torches, il avait vu scintiller des lames de sabres et des fers de lances.

– Alerte ! on nous attaque ! clama-t-il encore.

Puis, de la salle des gardes, il courut, par le long couloir, jusqu'à la chambre de Kunimori. Là toutefois, si la literie avait bien été préparée, le jeune seigneur par contre était invisible.

Inubô partit donc à la recherche de Kunimori en ouvrant l'une après l'autre les portes des chambres qui donnaient sur le couloir. Il avait déjà repoussé les cloisons mobiles d'un certain nombre de ces chambres, quand soudain il se figea sur place, stupéfait.

Shinzô Kunimori, surpris sans doute par le tumulte, se tenait debout au beau milieu de la pièce ; à ses pieds, sur une literie, une femme était étendue dans une pose indécente, évanouie. Le bas de son corps émergeait des couvertures en désordre, son visage blanc semblait flotter dans le rond de lumière de la lampe. La scène dégageait une atmosphère bizarrement obscène. Ce n'était pas toutefois le moment de s'attarder à des choses pareilles.

– On nous attaque ! dit Inubô sèchement.

– Quoi ? s'exclama Kunimori.

Et au même instant éclatèrent de tous côtés, de loin, de près, des cris de guerre. Kunimori s'empara du sabre déposé dans l'alcôve, une expression de fureur démente envahit son visage, et avec un grondement féroce, il s'élança, Inubô à ses trousses. Cependant, à peine eurent-ils parcouru la longueur de deux chambres, qu'ils s'arrêtaient tous deux en même temps. En face d'eux, plusieurs hommes d'armes avaient fait irruption.

Kunimori dégainait et du même coup abattait un de ses adversaires. Le corps de celui-ci fit la culbute et vint s'écrouler aux pieds d'Inubô qui s'emparait aussitôt de la lance que l'homme tenait au poing ; avec cela, se disait-il, on allait voir ce qu'on allait voir.

– Les hommes de garde, qu'est-ce qu'ils fichent ?

– Ah ça !

Cela, Inubô non plus ne le comprenait. Étaient-ils quelque part à en découdre avec l'ennemi, ou bien faisaient-ils la sourde oreille, allez donc savoir ! Inubô eut le sentiment que l'heure était venue de sacrifier sa vie pour son jeune seigneur. Une valeureuse détermination l'envahissait.

Le nombre des assaillants croissait d'instant en instant. Kunimori reculait pas à pas.

– La cour ! descendez dans la cour ! dit Inubô.

Il s'était dit que, dans la cour, ils auraient une plus grande liberté de mouvements. À l'intérieur, leurs pas étaient mal assurés et l'étroitesse des lieux entravait leurs gestes.

– Soit, descendons dans la cour !

Kunimori avait sans doute estimé que l'idée était bonne et, le sabre bien en main, il battit en retraite. Il passa de la sorte devant plusieurs chambres pour se retrouver enfin dans la cour intérieure.

Soudain toute la scène s'illumina comme en plein jour. D'entre les cloisons mobiles s'échappaient des langues de feu. On avait apparemment renversé une lampe, à moins que quelqu'un n'eût mis délibérément le feu.

Au même instant, Inubô aperçut, dans la pièce juste à la droite de l'endroit où il se tenait, une femme qui gisait à terre. Inubô eut un mouvement de stupeur. Le visage de la femme, éclairé par la lueur des flammes, lui rappelait en effet celui d'Otowa.

Inubô, la lance toujours en arrêt, s'approcha de la femme étendue à terre. Aucun doute, c'était bien Otowa ! Inubô avait déjà vu ce visage de femme dans une situation analogue.

De son bras droit, Inubô souleva le corps d'Otowa. Ce corps était léger. Ce contact aussi lui rappelait quelque chose.

– Non, non, non, je ne veux pas !

Tels étaient les mots que laissait échapper la bouche de la femme, mais elle n'avait toujours pas retrouvé ses esprits.

Les yeux d'Inubô se tournèrent vers Kunimori qui, le sabre brandi, observait ses adversaires. Dans la cervelle d'Inubô une image éclata, d'une indescriptible horreur. Les robes d'Otowa étaient en désordre, sa ceinture était défaite.

Soudain une flamme sauvage s'alluma dans les yeux d'Inubô, deux gros yeux qui jetaient des éclairs.

Inubô reposa à terre le corps d'Otowa, puis il balança sa lance en arrière et l'on put croire qu'il allait pivoter sur ses pieds quand, avec un grognement qui paraissait arraché à ses entrailles, il pointa la lance. Celle-ci s'alourdit aussitôt dans ses mains.

– Hou, hou, hou !

Un cri de douleur s'était élevé à la pointe de la lance.

– Inubô, tu es fou ! hurla Shinzô Kunimori, transpercé du bas du flanc gauche jusqu'à l'épaule ; son visage exprimait la fureur à son paroxysme.

Inubô, stupéfait, revenait à lui. Alors seulement, il se rendit compte de ce qu'il venait de faire. D'entre tous ceux qui se trouvaient là, c'était Shinzô Kunimori qu'il avait frappé.

Inubô lâcha sa lance. L'instant d'après, il se retrouvait assis par terre, cependant que Kunimori, la lance toujours en travers du corps, retombait sur le dos. Simultanément, deux ou trois hommes d'armes abattaient leur sabre sur Kunimori, à la lettre embroché comme une patate.

L'attaque par surprise était achevée. Du côté du château, il y avait dix-huit tués, deux hommes avaient péri, d'autre part, parmi les villageois. Un seul homme avait volontairement suivi son seigneur dans la mort. Qu'il n'y eût que dix-huit morts peut paraître invraisemblable, mais c'est un fait qu'ils n'avaient été que dix-huit à donner leur vie pour leur seigneur. La garnison du château, dans sa presque totalité, avait fait la sourde oreille.

Le seul à s'être donné volontairement la mort était le maître de thé, un certain Kuronuma Dôsaï. Il avait recouvert le corps sans tête de son seigneur de portes et de cloisons, y avait mis le feu et s'y était jeté lui-même après s'être ouvert le ventre.

Le lendemain matin, le château de Wachino-gongen offrait un piteux spectacle avec sa moitié ouest brûlée et effondrée. Les braises fumaient encore quand Shimoéda Tokiuji, qui avait fait son entrée au château, procéda à l'attribution des récompenses.

De ceux du fief de Séki, qui avaient contribué à cette surprise nocturne, Sakamaki Zenzaémon reçut le domaine d'Ôkubo, au village de Heikyû, Sasaki Déwa, le village de Naganuma, Murazawa Tôjirô, le domaine de Matsushima. Sasaki Hyûga se vit attribuer le domaine de Shimoshirasu, Muramatsu Tarôzaémon celui d'Aïhara ; pour les cinq autres villages, les choses furent laissées en l'état.

Parmi toutes ces récompenses, la plus remarquée fut celle d'Inubô. Pour son coup de lance qui avait cloué au sol Shinzô Kunimori, tenu pour un exploit sans pareil, Inubô reçut de Shimoéda Tokiuji deux sabres, un costume d'apparat et douze sacs de grain.

L'après-midi du même jour, Inubô quittait le château à moitié incendié avec les hommes originaires comme lui du village d'Ono et qui retournaient chez eux.

Ils étaient dix-sept en tout. Inubô marchait en tête, le visage renfrogné. La petite troupe abordait la côte de Rokumanbô à Ôzawa, quand Inubô soudain s'arrêta et, le bout de la lance qu'il tenait de la main droite reposant au sol, il s'écria :

– Voyez là ! c'est messire Shinzô ! messire Shinzô !

Les autres cependant ne voyaient rien. À main droite, il y avait un ravin envahi de roseaux, à main gauche s'amorçait la montagne de terre argileuse. Tout ce qu'il virent, ce fut un énorme chien blanc tacheté qui venait droit vers eux.

– Messire Shinzô !

Inubô brandissait la lance qui avait transpercé Kunimori et s'élançait vers le chien blanc. Le chien fit un bond de côté pour esquiver le coup. À plusieurs reprises la lance fut pointée sur le chien blanc, mais à chaque fois celui-ci se contorsionnait pour s'élever d'un bond prodigieux, et du haut des airs observait Inubô.

La lance derechef se pointait sur le chien blanc, et celui-ci virevoltait, bondissant et courant autour du fer qui brillait d'un éclat glacial.

Figée sur place, la petite troupe regardait le combat féroce de l'homme et du chien blanc. Personne ne faisait mine d'intervenir.

Inubô soudain trébucha sur une pierre et son genou toucha le sol. Alors le chien qui guettait cet instant se jeta sur Inubô comme une flèche.

– Gyââ… !

Un cri de détresse retentit. C'était le cri d'agonie que poussait Inubô. Le chien blanc, d'un coup de dents, lui avait déchiré la gorge. Après cela il se fit un bruit bizarre, comme le gargouillis de l'eau aspirée dans un mince tuyau, et le rude jeune homme de vingt ans rendit son souffle.

À l'instant de la chute d'Inubô, le chien blanc s'était élancé vers la montagne sans s'occuper des autres. Plus tard les hommes qui avaient assisté au drame prétendirent, les uns que c'était un chien de montagne, les autres que c'était un chien domestique.

Otowa l'otage devint par la suite l'épouse d'un notable du fief des Shimoéda, du nom de Muramatsu Shirôzaémon. Cette histoire est rapportée par deux ou trois chroniques anciennes.

MORI RANMARU

Au changement d'année, à l'aube de l'an dix de Tenshô (1582), Ranmaru eut le sentiment que le jour était proche où Oda lèverait toute son armée pour fondre sur la province de Kahi. La machine était prête qui allait exterminer Takéda Katsuyori, la seule question qui restait posée étant de savoir quand Nobunaga donnerait l'ordre d'invasion. Des messagers de Tokugawa Iéyasu se présentaient de jour en jour au château d'Azuchi. Nobunaga prenait connaissance des documents qu'ils apportaient, et dans la plupart des cas, il prenait lui-même le pinceau pour répondre aux missives, mais parfois il se contentait d'un bref remerciement.

Or voici ce qui s'était passé le quatorze de la première lune. Nobunaga, ce jour-là, donnait audience à deux messagers de Tokugawa. Les messagers se tenaient en contrebas, respectueusement inclinés. Les deux hommes avaient le teint noir, leur langage et leurs manières étaient rudes et sentaient fortement le rustre.

Nobunaga jeta un coup d'œil sur le document qu'ils lui avaient remis et aussitôt ordonna qu'on le laissât seul. Pour Nobunaga qui aimait en toute circonstance agir au plein jour, c'était là chose rare.

– Ran ! Veux-tu sortir un instant, toi aussi !

Obéissant, Ranmaru quitta la salle d'audience avec les autres. Pour que Nobunaga ordonnât à Ranmaru de se retirer, il fallait qu'il s'agît d'une affaire tout à fait exceptionnelle.

Tout en se retirant, Ranmaru jeta aux deux messagers, toujours inclinés, un bref regard de ses yeux froids et vifs, fendus en amande. On avait annoncé des envoyés de Tokugawa, mais pour Ranmaru il était évident qu'ils venaient de Kiso. Ils avaient du reste l'accent de Kiso. Que Yoshimasa de Kiso, qui représentait un puissant appui pour le dispositif de Takéda, trahissait son beau-frère Katsuyori et entretenait avec Oda une correspondance secrète, Ranmaru l'avait vaguement soupçonné depuis l'automne de l'année précédente. Cependant la liaison avec Kiso avait toujours été assurée par Korétô Mitsuhidé ou quelque autre grand feudataire, et jamais, jusque-là, aucun envoyé de Kiso n'avait été directement admis en la présence de Nobunaga.

Ranmaru s'était donc retiré dans l'antichambre, mais il n'avait pas eu le temps de s'asseoir, que déjà la voix de Nobunaga retentissait :

– Ran !

Ranmaru rentra dans la salle. Ses yeux se portèrent sur les deux messagers, toujours inclinés au même endroit.

– La consigne est levée !

Que pouvait-il bien s'être passé en si peu de temps ? Sans doute avait-il suffi d'un mot lourd de sens, émis par la bouche de Nobunaga et capté par l'oreille des deux envoyés. Ranmaru sentit un frisson parcourir tout son corps. La campagne de Kahi était imminente, sans doute aucun. En accord avec Kiso Yoshimasa, elle pouvait se déclencher demain ou le jour suivant.

L'après-midi du même jour arrivèrent les présents du nouvel an de Hashiba Hidéyoshi qui commandait l'expédition dans les provinces du Centre ; ceux-ci étaient montrés par la même occasion aux capitaines et aux soldats qui tenaient garnison à Azuchi. Nobunaga lui-même observait du haut d'une tourelle le cortège des hommes de peine qui les transportaient. Ranmaru était lui aussi monté à la tourelle à la suite de Nobunaga. Les présents étaient somptueux, bien dans la manière de Hidéyoshi qui en toute chose aimait à surprendre. Le nombre des seuls plateaux sur lesquels étaient posés les présents dépassait deux cents, portés par plus de trois cents hommes de peine. Outre les ustensiles pour le thé et les sabres, il y avait, entre autres, mille pièces d'argent, cent robes à manches courtes, dix chevaux sellés et harnachés, deux cents peaux tannées, mille daurades et trois mille pieuvres séchées.

À la vue de ce cortège au loin, là-bas, Nobunaga était de joyeuse humeur.

– Monseigneur ! dit Ranmaru qui guettait un signe de bonne humeur pour présenter la requête qu'il méditait depuis quelque temps.

Nobunaga se tourna vers lui.

– J'ai quelque chose à vous demander !

– Quoi donc ?

– Je voudrais bien me battre !

– Pourquoi me dis-tu cela tout à trac ?

– Ce n'est pas une idée qui m'est venue subitement. Je viens d'entrer dans ma dix-huitième année.

Nobunaga, l'air perplexe, laissa tomber son regard sur le long cortège qui de là-haut paraissait tout petit, comme fait de jouets.

– Jamais encore je n'ai assisté à une bataille digne de ce nom.

Nobunaga ne répondait toujours pas.

– Dans la prochaine guerre, je voudrais bien me trouver vraiment au milieu des arcs et des flèches ! Ne daignerez-vous point me le permettre ?

– Peut-être bien ! Un de ces jours, quand Hidéyoshi reviendra, je lui poserai la question, dit Nobunaga.

Hidéyoshi revenait en effet de temps à autre pour faire sa cour, mais Ranmaru n'était pas d'humeur à rester là à attendre Hidéyoshi ou qui que ce fût.

– J'aimerais que vous m'en donniez la permission maintenant, tout de suite.

– Maintenant, tout de suite ?

Un éclair était passé dans le regard froid de Nobunaga.

– Il n'y a de guerre que dans les provinces du Centre.

– Que ce soit à Ina, que ce soit à Suwa, je donnerais volontiers ma vie pour Monseigneur, laissa échapper Ranmaru.

Il eut aussitôt le sentiment d'en avoir dit trop. Dire Ina ou Suwa, c'était bien évidemment faire allusion à l'invasion de Kahi.

Nobunaga là encore ne répondit point. Ranmaru leva les yeux ; impossible de savoir si Nobunaga avait entendu ses paroles ; le regard toujours dirigé vers le portail du château, son visage était impassible.

Le ciel était couvert depuis le matin, et peu après midi, la température avait baissé ; à l'instant même, des points blancs s'étaient mis à danser dans le ciel qui s'était éclairé.

– On va avoir de la neige ! dit seulement Nobunaga et, faisant demi-tour, il s'engagea dans l'escalier de la tourelle.

Quand il fut de retour dans ses appartements du donjon, il ordonna à tous ses proches de se retirer, à l'exception de deux ou trois d'entre eux.

– Ran, tu peux te retirer toi aussi.

– Monseigneur !

Ranmaru était conscient de son impertinence, mais il était décidé à insister autant qu'il le pourrait.

Nobunaga le regardait.

– Je vous en supplie ! Permettez à Ranmaru…

– La guerre ?

Nobunaga soudain eut un accès de franche hilarité, puis son rire s'interrompit tout net.

– J'en suis fâché pour toi, mais pour l'heure, il n'y a pas de guerre. Je vais te demander plutôt d'aller me porter un message à Gifu. Demain ou après-demain donc, peu importe, dès que le temps se sera amélioré, je voudrais que tu ailles à Gifu. C'est un message d'importance, concernant la reconstruction du temple d'Isé. Sur ta vie, tâche de t'en bien acquitter.

– Oui !

C'était un ordre de Nobunaga, aussi Ranmaru le reçut-il avec le plus grand respect, mais au fond du cœur, il ressentait une vive insatisfaction. Aller porter un message à Gifu, cela voulait dire que celui-ci était adressé à Nobutada. Ce n'était certes pas une mission de nature à mettre sa vie en danger.

Ranmaru quitta le château dans la neige qui s'était enfin mise à tomber pour de bon, et regagna sa demeure qui se trouvait dans un coin du logis des *samuraï*, au pied du château.

Son frère cadet Rikimaru, âgé de dix-sept ans, avait pris froid et gardait le lit ; son autre frère, Bômaru, qui avait seize ans, revint du château deux heures plus tard.

– Mon frère !

Bômaru apportait une lettre.

– De la part de Monseigneur, pour vous, mon frère !

Ranmaru rectifia la position et prit la lettre des mains de son frère. Serait-ce une lettre autographe de Nobunaga ? se demandait-il.

Il la leva au-dessus de sa tête, puis il l'ouvrit ; l'écriture était d'une maladresse enfantine :

« J'ai fait déposer l'an dernier dans les magasins de Gifu une somme de seize mille *kan* en pièces trouées. Les liens en doivent être usés, que soit donc, de par le commandant du troisième rang, désigné un officier à fin de faire réparer ces liens, et de régler les dépenses pour la reconstruction, selon les besoins. »

Voilà ce qui était écrit. C'était le message de Nobunaga tel que Bômaru l'avait noté sous sa dictée. Le sens en était qu'une somme de seize mille *kan* en pièces trouées avait été déposée aux magasins de Gifu, que les liens sur lesquels ces pièces étaient enfilées étaient sans doute usés et que, par conséquent, pour être en mesure, à tout moment, de répondre à une requête du temple d'Isé, il fallait remplacer ces liens ; qu'à cet effet soit désigné au nom de Nobutada un officier habilité à s'acquitter de cette tâche.

Ranmaru regarda la neige qui, sans répit, dansait sur le jardin. Bientôt tomberait le clair crépuscule de ce jour d'hiver.

– Bômaru, fais-moi seller mon cheval. Je vais me mettre en route sur l'heure pour porter ce message à Gifu. Choisis-moi cinq cavaliers bien entraînés et ordonne-leur de se préparer pour un départ immédiat.

Ce disant, Ranmaru s'était levé. Nobunaga lui avait dit qu'il pouvait attendre le lendemain, ou le surlendemain même, et porter son message quand le beau temps serait revenu, mais Ranmaru avait le sentiment qu'il valait mieux ne pas attendre jusque-là. L'expédition contre la province de Kahi était imminente, il en était persuadé. Nobunaga avait fait de lui le surveillant général de son entourage, une position peu en rapport avec son âge. Ranmaru n'en était aucunement satisfait. Il souhaitait prendre part, le plus tôt possible, à une vraie campagne, en homme de guerre à part entière. Il n'avait pas la moindre envie de faire carrière sans avoir connu la guerre. Il s'acquitterait donc de sa mission à Gifu cette même nuit, et quand on marcherait sur Kahi, il insisterait auprès de Nobunaga pour qu'il lui permette de prendre part à l'expédition, d'Ina à Suwa, et de Suwa en Kahi, non point dans l'entourage du commandant en chef, mais à la tête d'une troupe, fût-elle de quelques hommes seulement.

– Par une neige pareille ! Vous pourriez attendre au moins jusqu'à demain matin !

C'était la voix de Rikimaru qui l'interpellait de son lit.

– Sot que tu es ! C'est un ordre de Monseigneur qui ne souffre le moindre délai. Si notre père vivait encore, il serait certainement de mon avis, dit Ranmaru.

Depuis que leur père Mon Echizen-no-kami Yoshinari était mort, assiégé dans son château du mont Usa par l'armée coalisée d'Asaï et d'Asakura, treize années déjà s'étaient écoulées. À dix-huit ans, Ranmaru tenait de son père Yoshinari un caractère enflammé et un esprit délié, prompt à la repartie, et de sa mère un visage fin, aux traits presque féminins.

L'œuvre de pacification entreprise par Nobunaga était à l'heure actuelle achevée pour les huit dixièmes, et s'ils laissaient échapper les dernières occasions que leur offrait la campagne contre Takéda, les vassaux de Nobunaga ne retrouveraient peut-être jamais la possibilité de montrer leur bravoure. La région du nord-ouest avait été placée sous l'autorité de Shibata Katsuié ; quant à la guerre dans les provinces du Centre, Hidéyoshi y suffisait à lui seul.

Aidé par son frère Bômaru, Ranmaru se sangla dans sa cuirasse. Cela pour être en mesure, au cas où l'invasion de Kahi serait ordonnée le lendemain, d'y courir depuis Gifu tel qu'il était.

– Votre cheval est prêt !

Ijûin Tôbê, un homme lige de soixante-dix ans qui avait déjà servi son père, arrivait par le jardin, la tête couverte de neige.

– Ç'a l'air de presser, on dirait !

Ce fut la seule observation qu'il se permit de faire à ce maître qui, par l'âge, eût pu être son petit-fils.

Quelles que fussent les circonstances, il obéissait aux ordres de Ranmaru sans jamais en demander la raison. Ce vieux guerrier couturé de cicatrices effectuait son service avec un esprit de totale abnégation.

Peu après qu'ils eurent quitté les abords du château la neige cessa. Aux environs de Sékigahara, elle se remit à tomber, mais Ranmaru et ses cinq compagnons se lancèrent au grand galop dans la plaine enneigée. Ijûin Tôbê seul prit un peu de retard, mais les cinq autres cavaliers parvinrent presque en même temps à la porte du château de Gifu.

Ranmaru, arguant des ordres reçus, monta au château au beau milieu de la nuit. En pareille occurrence, il faisait montre d'une arrogance qui n'était pas d'un jeune homme de dix-huit ans. Un peu partout, dans l'enceinte du château, brûlaient des brasiers et des feux de bivouac et des gens de guerre en armes s'affairaient de tous côtés.

L'on eût dit que tout le château était éveillé au cœur de la nuit.

– On se croirait absolument à la veille d'une bataille, murmura Tôbê, d'un air incrédule, à l'oreille de Ranmaru, au moment où ils entraient dans le château.

– Ça… ! dit Ranmaru, mais, se disait-il, l'ordre de marcher sur Kahi avait sûrement été adressé à la garnison de Gifu.

Nobutada était levé. Ranmaru lui transmit le message de Nobunaga, mais tout en parlant, il eut le sentiment de tenir un discours totalement incongru.

Quand Ranmaru se fut retiré de la présence de Nobutada, on leur servit du riz chaud à côté du portail, et de nouveau les six cavaliers enfourchèrent leur monture. C'était à l'heure où le ciel commence tout juste à blanchoyer vaguement. Sur le chemin du retour, la neige était plus haute que la veille, si bien que les six hommes durent mettre pied à terre et mener leurs chevaux par la bride.

À partir de Saméga.i, la neige se fit plus mince, et par endroits laissait paraître le sol noir. Passé Saméga.i, ils remirent les chevaux au galop. Ranmaru était presque toujours en tête. À l'instant qu'ils arrivaient à proximité de Hikoné, un pâle soleil levant se jouait sur la route gelée, sans trace de neige. Ils passèrent au pied du château de Hikoné, pour entrer dans un petit hameau. Le chemin courait le long du mur de pierre d'un monastère, et à l'endroit où celui-ci s'interrompait, il tournait presque à angle droit.

À l'instant où Ranmaru allait prendre ce tournant, de surprise, il tira vigoureusement les rênes. Le cheval se cabra. Dans les yeux de Ranmaru se reflétèrent un palanquin renversé sur le bord de la route et quatre hommes, deux porteurs et deux hommes d'armes, qui se précipitaient vers le véhicule. Il semblait que, en cherchant à éviter le cheval de Ranmaru, on avait, par une fausse manœuvre, renversé le palanquin.

– Je vous ai offensés !

Ranmaru, ce disant, avait mis pied à terre.

– Service urgent de Monseigneur… ! Je vous supplie de bien vouloir me pardonner, ajouta-t-il.

Les deux hommes d'armes faisaient les gros yeux, mais à ces mots de « service de Monseigneur » :

– Vous pourriez faire attention ! dirent-ils.

Le ton était rude, mais après cela, on eût dit qu'ils allaient se mettre à pleurer.

Les cinq cavaliers qui escortaient Ranmaru avaient, à leur tour, mis pied à terre. On remit debout le palanquin. Mais de tout ce temps-là, le rideau ne s'était pas soulevé. Ranmaru se dit que le véhicule devait être vide. Après avoir recommandé à ses gens de renouveler les excuses, il se remit en selle. Il était tout remué.

Une fois à cheval, il se retourna une dernière fois vers le palanquin. Au même instant, il vit le rideau qui se relevait doucement, et une jeune femme qui descendait sur la route. Puisqu'elle était escortée de deux hommes d'armes, elle devait être l'épouse ou la fille d'un personnage important. Debout sur la route, la femme présentait une silhouette élancée, d'une élégance raffinée.

– Oh, ce que j'ai eu peur !

La voix sonnait claire. L'air du petit matin d'une glaciale transparence lui parut vibrer quelques instants.

– Présentez mes humbles excuses ! ordonna encore une fois Ranmaru.

Puis il cravacha sa monture. Il avait hâte d'être à Azuchi le plus vite possible.

Il galopa donc de là jusqu'à Azuchi sans laisser le moindre répit à son cheval. Quand il arriva devant chez lui, la bête était fourbue. Réflexion faite, hormis la petite heure de repos qu'il lui avait accordée à Gifu, il l'avait fait galoper toute la nuit, par des routes boueuses ou enneigées.

Sans désemparer, Ranmaru changea de vêtements et se dirigea vers le château. Là, il se présenta à Nobunaga et lui rendit compte de la réponse que lui avait faite Nobutada à Gifu.

– Il a bien voulu me dire qu'il prenait bonne note et qu'il prendrait toute disposition utile afin que tout se passe sans accroc.

– Tu es allé à Gifu hier soir ?

– Oui !

– Ton cheval doit être fourbu.

– Oui.

– Bichonne-le bien ! dit Nobunaga, puis : Ran, tu as envie de quelque chose ?

Selon sa coutume, chaque fois qu'il était de bonne humeur, Nobunaga avait pris un air bougon.

– Ranmaru n'a besoin de rien !

– Ne sois pas timide !

– Je ne suis pas timide !

– Tu as bien un souhait.

– Rien du tout.

– Et la guerre ?

– Hein ?

Ranmaru leva les yeux et scruta le visage du seigneur qui lui avait toujours témoigné une toute particulière bienveillance. Il se disait que le souhait qu'il avait exprimé la veille, de prendre part à une vraie bataille, Nobunaga à présent allait l'exaucer.

– J'ai pris mes dispositions pour être prêt à partir en campagne, fût-ce sur l'heure, dit Ranmaru, contenant sa joie.

– Partir en campagne sur l'heure, mais où donc ?

– Au château de Gifu, on est prêt à partir en campagne.

Nobunaga, alors :

– Eh bien, Ran, qu'as-tu donc vu ? dit-il, et de rire de bon cœur. Puis il changea de sujet : Et la neige, qu'en est-il ?

– À Sékigahara, elle était assez épaisse.

– Probable ! Tu as pu passer à cheval ?

– Je suis passé à pied en menant mon cheval par la bride.

– S'il en est ainsi à Sékigahara, ce doit être bien pire à Suwa. Impossible de chevaucher. Faire la guerre tant que la neige ne sera pas fondue serait absurde. Tu ne crois pas ?

– Oui !

– Au château de Gifu, tout ce branle-bas, ce devait être pour transporter des approvisionnements. Se battre serait absurde, mais cela n'empêche pas de coltiner du riz.

Ce disant, Nobunaga rit encore. Ranmaru comprit enfin que l'invasion de Kahi n'était pas pour tout de suite.

– Je suis confus !

Ranmaru s'inclina profondément ; il avait décidément bien des choses encore à apprendre. Et le sentiment grandissait en lui, que pour ce seigneur, il n'aurait aucun regret à donner sa vie.

Ranmaru s'inquiétait de la femme dont le palanquin avait versé par sa faute à la sortie de Hikoné. Le visage au teint clair de cette femme à la taille élancée, qui se tenait là, debout, toute droite, dans l'air glacé de l'aurore, était présent à son esprit en dépit des jours qui passaient. À en croire ce que racontait Ijûin Tôbê, c'était une femme d'un certain rang, mais il n'avait pu savoir de quelle maison, la seule chose certaine étant que de Hikoné elle avait pris la direction de l'ouest. C'était là un rapport bien dans la manière de Tôbê, mais pour une fois, Ranmaru en ressentait une vive irritation.

Comme l'avait dit Nobunaga, la première, puis la deuxième lune passèrent, sans le moindre signe annonciateur de guerre. Évitait-on la saison où tombe la neige dans les provinces de Kahi et de Shinano ? Quoi qu'il en fût, aucune armée ne bougea. À l'orée de la deuxième lune, des filets d'eau se mirent à courir soudain à la surface du lac Biwa. Comme si la glace s'était brisée, des failles apparaissaient dans la couleur uniformément vert-noir de l'eau glacée du lac, et l'on devinait une légère tiédeur dans ces quelques filets d'eau.

Soudain, au pied du château d'Azuchi, les trompettes sonnèrent le rassemblement et le battement sonore des tambours retentit ; c'était dans la nuit du vingt et un de la deuxième lune.

Ranmaru dormait chez lui cette nuit-là, mais il s'était levé d'un bond et précipité au château, armé de pied en cap. Enfin le signal était donné de la campagne de Kahi. Au château, c'était le grand branle-bas. Les estafettes se suivaient, qui partaient au galop vers l'on ne savait quelle destination.

Du front du Kantô, Hôjô Ujimasa, du front de Suruga, Tokugawa Iéyasu, du front de Hida, Kanamori Gorôpachi, et enfin du front d'Ina, les troupes placées sous le commandement de Nobutada, s'ébranlaient en direction de Kahi. Cette nuit-là, les compagnies que devait commander Nobutada se mettaient en route l'une après l'autre pour Gifu.

Ranmaru était accaparé par l'accueil des nombreux capitaines qui venaient saluer Nobunaga avant de partir en campagne. L'un après l'autre, ces capitaines, les Ikéda Sansuké, Ikéda Térumasa, Nakagawa Séhyôé, Nagaoka Hyôbu-no-taïfu, et autres, se présentaient devant Nobunaga. Ranmaru, cette nuit-là, n'avait pas la moindre envie de dormir, cependant qu'il échangeait quelques brèves paroles et saluait d'un mouvement de tête tous ces guerriers sur les visages desquels on lisait la martiale exaltation des futures batailles.

Enfin, aux premières lueurs de l'aube, Nobunaga se retrouvait seul avec ses proches. Il se levait pour rejoindre sa chambre, quand il surprit la bouche serrée et l'expression farouche de Ranmaru, et comme s'il venait de s'en aviser soudain :

– Encore une quinzaine, et tu pourras partir en campagne toi aussi, comme tu le souhaites, dit-il.

– Monseigneur aussi part-il en campagne ? demanda Ranmaru.

– Comment n'irais-je point ? Je veux voir l'endroit où Hosshôin Shingen est né, fut élevé, a vécu !

Puis, comme pour taquiner Ranmaru :

– Au fait, par où vais-je entrer dans Kahi ? dit-il.

– Sans doute prendrez-vous par la route d'Ina ?

– Par Ina, dis-tu ? Nobutada aura sans doute balayé l'ennemi et nous n'y trouverons personne. Il n'y aura plus que les pruniers en fleur. Alors, on va se promener tranquillement et regarder les pruniers du val d'Ina ?

Nobunaga avait, ce disant, un regard lointain comme s'il avait oublié l'existence de Ranmaru. Tout comme si les pruniers d'Ina flottaient réellement sous ses yeux. Ranmaru ne pensait pas qu'il n'y aurait plus d'ennemis à Ina comme le prétendait Nobunaga. Même si sa puissance n'était plus ce qu'elle avait été du vivant de Shingen, il était impensable qu'un clan comme celui des Takéda pût être anéanti en une quinzaine ou même en un mois. Pour peu qu'il lui fût permis de partir en campagne, il trouverait bien une ou deux occasions de prouver sa valeur.

Le lendemain, à l'heure de rentrer au logis, Ranmaru soudain eut une idée et, éperonnant son cheval, il s'en fut au galop le long de la rive occidentale du lac Biwa, en direction du nord. Il dépassa Ishiyama, dépassa Ôtsu, coupa au plus court au pied du château de Sakamoto. Le froid s'était atténué, mais sur son cheval lancé au galop, le vent lui coupait le visage et les mains. De temps à autre, des roseaux desséchés du bord de l'eau, un oiseau surgissait, dont le bruit des ailes résonnait dans la tête de Ranmaru qui manquait de sommeil.

Peu après qu'il eut dépassé Sakamoto, il quitta la route du bord du lac pour gravir un chemin de traverse vers une colline qui avançait jusqu'à la rive. Puis, arrivé au revers de cette colline, il mit pied à terre. Le donjon du château du mont Usa apparaissait tout petit à travers les taillis, au nord-ouest. C'était le château que son père Yoshinari avait construit, le château où il avait trouvé la mort. Ranmaru contempla longuement la lointaine silhouette du château du mont Usa.

« Mon père, Ranmaru part pour sa première campagne. »

Voilà ce qu'il eût voulu annoncer aux mânes de son père. C'était la seconde fois qu'il venait en ces lieux. La première fois, c'était il y avait deux ans ; il avait été amené là par Ijûin Tôbê. Quand son père était mort à la guerre, Ranmaru avait six ans, et il se trouvait au château de Kanéyama en Mino, qui était la résidence de son père, aussi n'avait-il pas su les circonstances dans lesquelles ce dernier était mort dans ce château-ci. À l'heure actuelle, ni le château de Kanéyama, ni celui du mont Usa qui était à cet instant dans son champ de vision, n'étaient plus en la possession de la maison des Mori. L'aîné, Nagayoshi, s'était certes distingué ces derniers temps parmi les officiers d'Oda, mais il n'avait pas encore une stature suffisante pour s'imposer comme l'héritier de son père Yoshinari et devenir le maître d'une province ou d'un château. Ses trois frères cadets, Ranmaru, Rikimaru et Bômaru, faisaient partie de l'entourage de Nobunaga qui leur témoignait une particulière faveur due aux exploits de leur défunt père Yoshinari, mais ils étaient trop jeunes encore pour exercer des fonctions qui eussent relevé la fortune de leur maison.

Ranmaru ne pouvait oublier le discours que Tôbê lui avait tenu en ces lieux :

– Si messire Korétô Hyûga-no-kami Mitsuhidé l'avait voulu, le château du mont Usa ne serait peut-être pas tombé. Du château on voyait les étendards de Korétô. « Akéchi est venu à notre secours ! tout va bien ! », disions-nous, et de les acclamer ! Mais dans je ne sais quel dessein, l'armée d'Akéchi ne se détourna pas pour nous porter secours, et comme si elle avait décidé d'ignorer le château du mont Usa, elle passa son chemin pour se diriger vers Ishiyama.

Une seule fois Tôbê avait évoqué ces événements, et c'était précisément à cet endroit. Après cela, il n'y avait plus jamais fait allusion. Pour Ranmaru toutefois, il lui avait suffi de l'entendre une fois pour ne plus jamais l'oublier.

« Si Mitsuhidé l'avait voulu... ! » Chaque fois que ces paroles de Tôbê lui revenaient en mémoire, il lui semblait qu'une flamme lui brûlait la poitrine.

Cette fois encore, en regardant le château du mont Usa, il revoyait le visage de Mitsuhidé, aux traits figés comme un masque de *nô*, qui jamais n'exprimait le moindre sentiment, et sur lequel se lisaient le cynisme et la ruse. Il se disait que pareil comportement était vraisemblable, s'agissant de ce capitaine, de ce Mitsuhidé qui, au nom d'Oda, exerçait un pouvoir absolu sur les deux provinces d'Ômi et de Tanba qu'il partageait avec Hidéyoshi et Katsuié. Ce château du mont Usa, lui aussi, était aujourd'hui une dépendance de celui de Sakamoto, résidence de Mitsuhidé.

– Dans la prochaine campagne de Kahi, j'accomplirai des prouesses. Puis je ferai tout pour que ce château du mont Usa, de même que celui de Kanéyama en Mino, revienne à la maison des Mori, et que soient de la sorte apaisés les mânes de mon père.

Voilà ce que pensait Ranmaru en contemplant le château du mont Usa, que hantait encore l'esprit de son père.

Ranmaru remonta à cheval et descendit la côte à vive allure. Au nord, la cime cachée dans les nuages, le mont Hira dominait le paysage de sa masse imposante. Tournant le dos à ce mont Hira, et le mont Hiei à main droite, Ranmaru regagna le rivage du lac. À une centaine de pas avant d'arriver au bourg sous le château de Sakamoto, on voyait sur la droite du chemin une petite éminence que recouvrait un bosquet de pruniers.

Ranmaru arrêta un instant sa monture pour contempler les pruniers qui baignaient dans la lumière du soleil du printemps précoce. C'était un paysage paisible qui rendait irréelle l'idée de guerre. Était-ce une illusion, il crut percevoir un léger parfum de fleurs de prunier. Ranmaru soudain eut envie de pénétrer dans ce bosquet. Il poussa son cheval vers la montagne et lui fit gravir la colline au pas. À mesure qu'il approchait des pruniers, le parfum des fleurs se faisait plus insistant.

À l'instant où sa monture entrait dans le bosquet, des voix de femmes soudain frappèrent ses oreilles. Et il vit trois femmes qui, sur des nattes étendues au sol, prenaient leur repas. Ranmaru dirigea vers elles son cheval. Il se disait qu'il y avait en ce monde des gens qui décidément en prenaient à leur aise. En ces temps où il n'était question que de guerres, celles-là, en riant et bavardant, étalaient au soleil d'un bosquet de pruniers leurs boîtes à provisions !

Ranmaru était tout proche quand les trois femmes, qui s'étaient enfin avisées de sa présence, se levèrent en même temps.

– Qui êtes-vous ? dit l'une des femmes d'une voix incisive.

Sans répondre, Ranmaru avança encore, mais quand il vit la femme qui se tenait devant les deux autres et qui le regardait en face, il eut un sursaut. C'était la femme de l'autre jour. Cette silhouette élancée, cette taille fine que l'on eût entourée d'une main, cette blancheur du teint, sans nul doute, c'était la femme qui, au pied du château de Hikoné, était sortie du palanquin.

Ranmaru poussa un petit cri, et la femme simultanément laissait échapper une exclamation.

– L'autre jour... ! dit Ranmaru.

– Veuillez mettre pied à terre ! dit la femme d'une voix douce en regardant Ranmaru droit dans les yeux.

Cela sonnait un peu comme un ordre. Et puis :

– On pourrait prendre un coup de sabot, sait-on jamais !

Comme elle disait ces mots, l'expression de son visage s'était adoucie. On pouvait y lire maintenant un sourire, à moins que ce ne fût de l'ironie.

– Soyez rassurée ! J'étais pressé, ce jour-là !

– Je ne m'y fie pas !

« Vilain cheval ! » dit-elle encore, à mi-voix. Ranmaru n'en croyait pas ses oreilles. Mais c'était bien cela qu'elle avait dû dire.

Pour Ranmaru, c'était là une curieuse façon de s'exprimer et de curieuses paroles, comme jamais il n'en avait entendues. Il descendit donc de ce cheval qu'on avait qualifié de « vilain ».

– Ne vous êtes-vous pas blessée, l'autre jour ?

– Même si je m'étais blessée, je serais aujourd'hui guérie. Il y a bien un mois de cela.

– Mes gens avaient oublié de s'enquérir de votre demeure.

– Ils me l'ont demandé, mais je ne l'ai pas dit.

Il avait l'impression que, quoi qu'il pût dire, on le rebuterait.

– Une fois encore, veuillez accepter mes humbles excuses.

La femme alors se mit à rire de bon cœur, comme si une idée subite l'avait amusée, puis :

– Comment faire autrement, soyez donc pardonné ! Au fait, qui êtes-vous donc, monsieur ?

– On me nomme Mori Ranmaru.

– Ah, monsieur Mori ?

La femme, de nouveau, regarda attentivement le visage de Ranmaru.

– Il m'est arrivé d'entendre votre nom.

– Et vous, madame ?

– Moi ? Moi, j'habite par là.

Ce disant, la femme s'était légèrement détournée. À la lisière du bois de pruniers, il y avait une maison enclose d'une haie vive. C'était apparemment une maison ancienne, de style paysan, mais de larges proportions.

– Je m'appelle Yuya, veuillez excuser mon impertinence !

Le ton de la femme était un tout petit peu plus poli. Mais qu'elle n'était pas une fille de paysan, cela se devinait à ses airs intrépides, et bien sûr aussi au fait que deux hommes d'armes l'escortaient l'autre jour.

– Et votre rang ?

– Qu'est-ce que cela peut vous faire ?

– Oh, je me suis juste permis de poser la question.

– Si j'étais femme de qualité, croyez-vous que j'habiterais un endroit pareil ?

La suite se perdit dans un rire.

– Puisque vous êtes venu tout exprès pour me rendre visite, puis-je vous offrir une coupe en regardant les pruniers ? Mais peut-être ne buvez-vous pas encore de *saké*.

C'était là se moquer de lui en le traitant en enfant. Mais Ranmaru ne s'en formalisa point. Pour peu que cette femme l'y invitât, il était prêt à la suivre n'importe où, sans la moindre velléité de résistance. La démarche de la femme, vue de dos, était infiniment plus juvénile que sa façon de parler. Ranmaru avait compris tout de suite qu'elle était son aînée, mais cette fois il estima que la différence d'âge ne devait pas excéder deux ou trois ans.

Les armées coalisées d'Oda, de Tokugawa et de Hôjô, qui de toutes parts avaient fondu sur la province de Kahi, avançaient dans les possessions des Takéda d'un mouvement irrésistible.

Chaque jour, des dizaines d'estafettes arrivaient à Azuchi au galop de leurs chevaux.

Cependant que se suivaient les bulletins de victoire, Nobunaga prenait son temps pour enfin quitter Azuchi le cinq de la troisième lune. Le six il apprenait en cours de route que le château de Takatô, la position la plus puissante de l'ennemi, était tombé. Il vit à la Rokugawa la tête du commandant de cette place, Nishina Nobumori, qu'on lui envoyait par la même occasion, et il la fit exposer sur la Nagaragawa. Nobumori était le frère cadet de Katsuyori, un jeune capitaine renommé pour sa vaillance. Le huit, il quittait Gifu pour se diriger sur Inuyama et là, il apprenait que le château de Shinpu, que Katsuyori avait reconstruit l'année précédente seulement, avait été incendié. Le quatorze déjà on apportait à Nobunaga, qui était encore sur la route, les têtes de Katsuyori et de son fils.

Nobunaga les examina à Namiaï, puis, le quinze, les fit exposer à Iida.

Nobunaga partait en campagne sans se presser comme s'il eût fait une promenade en montagne. Le dix-huit, il arrivait au château de Takatô, le dix-neuf il faisait son entrée à Kami-Suwa, pour établir son quartier général au Hokkéji.

Mori Ranmaru se sentait tout désemparé. Jamais il n'eût cru que Takéda Katsuyori serait écrasé aussi rapidement. Ranmaru était frustré de batailles, la marche même de l'armée n'avait rien de martial. Déjà le temps des fleurs de prunier était passé, et dans les vallées qu'elle remontait nonchalamment, çà et là s'épanouissaient des fleurs de pêcher ou de cerisier des montagnes. Dès son arrivée à Gifu, Ranmaru avait renoncé à l'espoir d'accomplir des prouesses. Puisqu'il fallait renoncer autant renoncer tout de suite.

Trois jours après que le camp eut été établi à Kami-Suwa fut publiée la première liste de récompenses pour ceux qui avaient pris part à la campagne ; Ranmaru, un peu plus pâle qu'à l'ordinaire, se tenait assis à côté de Nobunaga. Les capitaines du parti des Takéda qui s'étaient ralliés, les Kiso Yoshimasa, ou Anayama Nobukimi, étaient confirmés dans leurs anciennes possessions, Takigawa Kazumasa, qui avait combattu au premier rang et pris les têtes de Katsuyori et de son fils recevait deux cantons en Shinano, avec le gouvernement du Kantô.

Après ce premier train de récompenses, le vingt-cinq du mois, le commandant en chef de l'expédition, Nobutada, recevait des sabres au fourreau de laque à la poudre d'or, en même temps qu'il était officieusement déclaré héritier de la maison des Oda. Le vingt-neuf était proclamée la troisième liste des récompenses ; Iéyasu recevait la province de Suruga, Kawajiri Hidétada celle de Kahi et le canton de Suwa en Shinano, le frère aîné de Ranmaru, Mori Nagayoshi, quatre cantons de Shinano, Môri Hidéyori le canton d'Ina et Sono Kagéharu le château d'Inamura. Et enfin, en tout dernier, Mori Ranmaru se voyait attribuer le château de Kanéyama en Mino.

Ranmaru n'en croyait pas ses oreilles. Il entendait comme dans un rêve la voix cassée du vieux guerrier qui lisait la liste des récompenses. Comme l'exigeaient les convenances, il avait reçu la sienne, prosterné jusqu'à terre, mais au fond de son cœur, Ranmaru s'était écrié :

– Monseigneur !

Il eût voulu lui demander pourquoi il en avait agi de la sorte. Non point qu'il n'en fût content, mais ce n'est pas de la faveur de Nobunaga, ni pour les prouesses de son défunt père, qu'il avait souhaité recevoir le château de Kanéyama et ses quarante mille muids de revenu.

– Vous me voyez heureux de l'honneur qui m'est fait !

Cependant qu'il remerciait de la sorte, Ranmaru, tête baissée, avait les yeux mouillés de larmes. Ces larmes tombaient sur ses genoux, et sur les poings serrés qui reposaient sur les genoux. Ce que signifiaient ces larmes, Ranmaru lui-même eût été bien en peine de le dire. Ces larmes exprimaient la reconnaissance émue que lui inspirait la générosité de Nobunaga, mais aussi le dépit de ne pas l'avoir méritée par ses propres prouesses. Deux sentiments contradictoires qui mettaient à la torture ce jouvenceau de dix-huit ans.

Ce soir-là, Nobutada, qui avait établi ses quartiers à Kôfu, arriva à Suwa pour rencontrer Nobunaga et lui exprimer sa gratitude. C'était la première entrevue du père et du fils au cours de cette campagne.

Tard dans la nuit, quand Nobutada reprit la route de Kôfu, Nobunaga le raccompagna jusqu'au portail du Hokkéji où il avait élu domicile. L'air de la nuit était tiède et plutôt qu'à la fin du printemps, l'on se serait cru au début de l'été. Après avoir donc raccompagné Nobutada, et alors qu'il passait à côté du campanile, Nobunaga soudain interpella Ranmaru :

– Ran ! Je suis fâché pour toi que tu n'aies pas pu prendre part aux combats. As-tu toujours, malgré cela, envie de te battre ?

– Oui ! et j'espère que vous me permettrez, comme vous me l'avez promis un jour, de me rendre dans les provinces du Centre.

– Ce gaillard est insatiable ! Quel château veux-tu cette fois ?

Le ton était railleur, comme s'il lui demandait si le château de Kanéyama en Mino qu'il venait de lui donner ne lui suffisait pas.

– Je n'en veux point d'autre !

– Tu te contenterais donc du château de Kanéyama ?

– C'est plus que je n'en ai mérité à cette heure !

– Tu m'en demanderas donc à l'avenir, si je comprends bien ?

– Pour l'avenir aussi, je m'en contenterai !

– Cependant, si tu accomplis des prouesses dans la guerre des provinces du Centre, il faudra bien que je te donne quelque château, dit Nobunaga, mi-plaisant, mi-sérieux.

Alors Ranmaru :

– Le cas échéant, je souhaiterais que vous me donniez le château du mont Usa, dit-il.

– Comment ? Le château du mont Usa. On ne peut pas appeler cela un château. C'est tout au plus une motte !

– C'est une motte que mon père a fortifiée, et mon père s'est fait tuer pour la défendre.

Sans répondre directement, Nobunaga murmura comme pour lui-même :

– Cela va faire treize ans que Yoshinari s'est fait tuer !

Puis il marcha en silence. Comme si dans son cœur s'étaient ravivés les tourments de ce temps-là – treize ans déjà – où, entouré d'ennemis de toutes parts, il ne pouvait savoir s'il allait vaincre ou périr.

De Kôfu, Nobunaga gagna la province de Suruga en descendant la Fujigawa ; il y fut accueilli par Iéyasu, après quoi il prit la route des mers Orientales et le vingt et un de la quatrième lune, il fit une entrée triomphale à Azuchi. Ranmaru, devenu le châtelain de Kanéyama en Mino, ne put cependant se rendre immédiatement dans son fief. Les nuages de la guerre s'étaient maintenant déplacés vers Shikoku et Kyûshû, et selon toute apparence, la deuxième phase des opérations militaires de Nobunaga allait commencer bientôt.

Après la célébration du triomphe, Ranmaru avait connu des jours agités, mais au premier jour de loisir, il se dirigea vers le château de Sakamoto pour revoir Yuya. Il avait, en effet, conçu le dessein, lorsqu'il prendrait possession de son château de Kanéyama, d'y emmener Yuya. Tout ce que Ranmaru savait de Yuya, c'était, outre son nom, qu'elle était la fille d'une vieille maison de Hikoné et qu'à présent elle habitait à Sakamoto. À part cela, Yuya n'avait rien voulu dire d'elle-même.

Yuya était la première femme au monde à s'être emparée du cœur de Ranmaru. Celui-ci, jusque-là, n'avait nullement apprécié la beauté féminine et nulle femme ne l'avait attiré. Pour Yuya toutefois, c'était autre chose. L'autre fois, cela n'avait duré qu'une heure à peine, mais ce temps-là, passé dans une pièce de la maison de cette femme, que parcouraient les effluves des fleurs de pruniers, cependant qu'elle lui versait à boire, Ranmaru ne pouvait l'oublier. La beauté du noble visage de cette femme était ineffaçablement gravée sous ses paupières.

Ranmaru, cette fois, pour retrouver cette femme, baigné dans le soleil de l'été commençant, faisait voler son cheval. Contrairement à la première fois, le vent qui frôlait ses joues lui paraissait délicieux, et le paysage tout entier, lac et montagne, était resplendissant. Il laissa son cheval à l'entrée du chemin qui montait à la maison de Yuya. Au premier pas qu'il fit en direction du bâtiment, comme si elle l'eût attendu, Yuya se montra parmi les plantations du jardin.

– J'étais en train de me demander si vous ne viendriez pas aujourd'hui, dit-elle d'une voix enjouée.

– Pourquoi cela ?

– Oh, juste un pressentiment.

Contrairement à l'autre fois, Yuya était légèrement fardée. Elle portait des robes soigneusement arrangées, magnifiques, au point qu'elle en était méconnaissable. Elle fit aussitôt entrer Ranmaru dans la salle qui donnait sur le jardin intérieur. Dans le foyer étaient disposées avec art des braises rougeoyantes, et l'eau de la bouilloire émettait un bruit ténu du meilleur effet. Ranmaru fut convié à prendre le thé. Il regardait, fasciné, les blanches mains de Yuya qui lui tendaient le bol. Et quand il dit :

– Je viens de recevoir le château de Kanéyama qui avait été le château de mon père !

– Je le savais, dit Yuya. Devenir châtelain à votre âge, voilà qui présage un brillant avenir.

Contrairement à l'autre fois, son langage était châtié et l'expression de son visage douce et paisible.

– Comment l'avez-vous su ? De qui l'avez-vous appris ?

– Je l'ai su sans qu'on me l'ait dit.

– Allons donc !

– Non, non, tout ce qui vous concerne, et les moindres choses, je les sens. C'est ce que l'on appelle l'intuition féminine.

Ranmaru se sentit agréablement chatouillé par ce discours.

– Quand j'irai en Mino, voudriez-vous venir avec moi ? dit Ranmaru.

– Je le voudrais bien, dit Yuya sans broncher.

– Vous acceptez donc ?

– J'ai seulement dit que j'avais envie d'y aller. Mais je ne sais si je le pourrai.

– Et pourquoi cela ?

– Pourquoi, en effet ?

Yuya jeta à Ranmaru un coup d'œil par en dessous, comme pour le taquiner. Son visage toutefois s'était légèrement assombri.

– Pourquoi dites-vous des choses pareilles ?

– C'est que j'ai peur.

– De quoi ?

– De tout et de rien.

Ranmaru soudain ressentit une brûlure comme si cette femme, qui était son aînée, était en train de se payer sa tête.

– Je parlais sérieusement, moi !

– Moi de même !

– Dans ce cas, si vous vouliez bien parler clairement !

– Je ne le puis !

– Et pourquoi ?

– Pourquoi, en effet ?

Elle avait de nouveau son air égaré. Ranmaru observait le visage de la femme avec une légère irritation. Les yeux de la femme l'observaient de même. Ranmaru soudain étendit les mains, saisit les mains de la femme et l'attira à lui. Il avait obéi à une impulsion qu'il était incapable de dominer.

– Il ne faut pas ! dit Yuya. Mais son corps se laissait aller sans résistance. Les visages se touchaient, les lèvres se touchaient. Pour la première fois de sa vie, Ranmaru sentit comme une flamme consumer tout son corps. Un désir frénétique s'empara de lui, de piétiner, de détruire. Mais brusquement la femme se redressa et reprit une pose convenable.

– Eh bien, maintenant, vous allez vous retirer sagement ! dit-elle d'un ton plutôt froid.

Son visage était blême.

– Je ne m'en irai point !

– Si, car je serais fort ennuyée si vous refusiez de partir. Quelqu'un doit venir.

– Qui donc ?

– Quelqu'un avec qui j'ai rendez-vous.

Et elle ajouta timidement :

– Ne pourriez-vous revenir me voir demain ?

Son visage avait une expression suppliante.

– Soit, je m'en vais donc pour aujourd'hui. Mais vous viendrez avec moi en Mino, n'est-ce pas ?

– Demain je vous répondrai. Laissez-moi réfléchir jusqu'à demain.

Et après un instant de silence :

– Il se pourrait bien que je ne sois pas la femme que vous vous imaginez. C'est cela qui me terrifie.

Ces paroles de Yuya inquiétèrent Ranmaru, mais la joie de la revoir le lendemain le rassérénait aussitôt.

Ranmaru quitta donc la maison de Yuya ; elle l'avait accompagné jusqu'au portail et de là, coupant par le bois de pruniers, il descendit la côte. Il allait déboucher sur la route du bord du lac, quand il aperçut une petite troupe de cavaliers qui avaient mis pied à terre juste en face. L'un d'entre eux devait être un guerrier de haut rang, car, lorsqu'il descendit de cheval, les autres s'inclinèrent, mains au sol. Là-dessus, celui-là, qui paraissait leur chef, se mit à gravir la colline, droit vers Ranmaru.

Quand la distance entre eux se fut suffisamment raccourcie, ce dernier eut un sursaut. C'était Korétô Hyûga-no-kami Mitsuhidé, impossible de s'y tromper.

Ranmaru ne savait rien, mais le sentiment, soudain, l'envahit qu'il fallait à tout prix éviter cet homme. Il regarda autour de lui. S'il voulait l'éviter, il le pouvait. Et pourtant, il ne l'évita point. Bien au contraire, c'est avec un air de défi qu'il descendit la pente en direction de la route. À l'instant où les deux hommes allaient se croiser, l'autre leva les yeux. Ranmaru inclina le buste et dit poliment :

– Messire Korétô, si je ne me trompe ?

– Messire Mori ? dit Mitsuhidé.

Un éclair passa dans son froid regard.

– Je vous prie de m'excuser…

Ranmaru inclinait la tête et allait passer son chemin.

– Attendez un peu !

Ranmaru s'arrêta ; Mitsuhidé avait comme toujours son air impénétrable.

– Vous avez dit que vous vouliez le château du mont Usa, est-ce vrai ? dit-il.

La voix était basse, mais tranchante comme une lame. Ranmaru, le visage incliné, se taisait. Déjà, songeait-il, cette affaire était donc parvenue aux oreilles de Mitsuhidé. Ce soir-là, au quartier général de Suwa, seuls quelques intimes suivaient Nobunaga.

– Une chose pareille…

– Vous prétendez que c'est non ?

– Je veux dire que je me demande s'il n'y a pas un malentendu, dit Ranmaru.

Il avait envie de confirmer qu'il avait bien dit cela, une envie contre laquelle il luttait désespérément. Ce n'étaient pas des choses à dire.

– Vous êtes venu voir le château du mont Usa ! Si vous teniez à le voir, j'aurais pu vous donner quelqu'un pour vous guider… Bon, et maintenant, allez-vous-en !

C'était un ordre, comme pour couper court. Ranmaru salua et se mit à marcher, mais au fond de son cœur brûlait une haine féroce. À cause de ce Korétô Mitsuhidé, son père avait été tué. C'était là déjà une raison suffisante à elle seule pour ne jamais lui pardonner !

Ranmaru avait peur de repenser à Yuya. L'endroit où se rendait Mitsuhidé ne pouvait être que la maison de Yuya. Tout en détachant de son arbre les rênes de son cheval, Ranmaru se demandait s'il n'allait pas y retourner pour voir. Il tapotait la tête de l'animal, comme s'il cherchait à calmer son propre cœur. Il y avait dans l'attitude de Yuya, des côtés obscurs, mais si l'on admettait que c'était une femme qui avait certaines relations avec Mitsuhidé, tout devenait parfaitement clair. Le mystère des deux hommes d'armes qui l'escortaient au pied du château de Hikoné était du même coup éclairci.

Ranmaru enfourcha sa monture. La rage lui déchirait le cœur.

Il visa l'endroit où les gens de Mitsuhidé s'étaient assis au bas de la côte, et il cravacha vigoureusement son cheval. Les hommes, surpris par cette agression subite s'égaillèrent dans tous les sens. Deux ou trois d'entre eux roulèrent dans la pente. Ranmaru passait au beau milieu de la troupe, déboulait sur la route et s'en allait au grand galop droit vers le sud par la rive du lac. Soudain il fit volte-face. Il lui fallait voir de ses yeux ce que faisaient Yuya et Mitsuhidé. Cependant, après quelques centaines de pas, derechef il fit volte-face.

Il était décidé à renoncer à Yuya. Comme un fou, il faisait galoper son cheval le long des roseaux de la berge du lac. Les oiseaux, à son approche, s'envolaient précipitamment dans un grand bruit d'ailes.

Korétô Mitsuhidé avait été chargé de l'accueil de Tokugawa Iéyasu qui venait en visite à Azuchi ; c'était aux premiers jours de la cinquième lune. Pour Nobunaga, Iéyasu, son allié de longue date, était un hôte important. La venue de Iéyasu à Azuchi était fixée au quinze. Le quatorze donc, Nobunaga, qui en toute chose veillait au moindre détail, se rendit en personne au monastère où devait loger Iéyasu, pour se rendre compte par lui-même de la manière dont Mitsuhidé avait préparé l'accueil. C'était un vieux monastère que longeait un canal.

À peine eut-il fait un pas à l'intérieur du portail, qu'il s'écriait, à l'adresse de ceux qui l'entouraient :

– Ça pue le poisson, là-dedans !

Personne ne répondit. Seul Ranmaru approuva d'un mot. En effet, et encore que fugace, il flottait dans l'air une odeur de poisson. Aux cuisines, l'on faisait les préparatifs pour le banquet du lendemain, et c'était de là apparemment que provenaient les effluves qu'apportait le vent. Pour être déplaisant, c'était effectivement déplaisant. Le visage de Nobunaga avait changé de couleur ; sur l'heure, il donna l'ordre de retourner au château d'Azuchi.

Le jour même, la charge de recevoir Iéyasu fut retirée à Mitsuhidé, pour être confiée à Hori Kyûtarô.

Le lendemain, Ranmaru, d'ordre de Nobunaga, se rendit au monastère qui jusqu'à la veille était destiné à accueillir Iéyasu. Dans une pièce tout au fond, il trouva Mitsuhidé assis là, seul et silencieux. Il était face au jardin intérieur dont les pierres jetaient des ombres au soleil. Ranmaru vint s'asseoir devant lui.

– Je suis venu céans en messager de Monseigneur. Il ordonne que vous quittiez Azuchi sur-le-champ pour rejoindre le château de Sakamoto et que vous veilliez à préparer ses quartiers pour la campagne des provinces du Centre.

Ranmaru avait parlé sans bouger un sourcil. Le corps de Mitsuhidé, qui tenait la tête penchée, eut un léger mouvement vers l'avant.

– Sur-le-champ, quitter Azuchi et veiller à préparer les quartiers pour la campagne dans les provinces du Centre…

Ranmaru avait répété les ordres de Nobunaga, comme s'il eût abattu tout droit sur Mitsuhidé un sabre brandi haut.

Un instant s'écoula, puis Mitsuhidé :

– C'est entendu ! dit-il et, relevant la tête, il fixa ses yeux étincelants sur le visage hostile du jeune messager.

Ranmaru, sans mot dire, tourna le dos à Mitsuhidé et sortit. Dans l'immense monastère soigneusement nettoyé, il n'y avait personne. C'était à l'heure exactement où Iéyasu arrivait à Azuchi.

Le lendemain soir, Ranmaru quittait le château vers les six heures. De toute la journée, il était resté aux côtés de Nobunaga qui recevait Iéyasu, et il était complètement épuisé. Il arrivait au logis, quand Ijûin Tôbê sortit à sa rencontre et dit :

– Une personne qui se dit Mme Yuya vous attend depuis midi !

– Comment ?

Ranmaru se figea, raide comme un piquet. L'autre fois, quand il avait rendu visite à cette femme, il avait promis de revenir le lendemain, mais bien entendu, il n'en avait rien fait. Ranmaru avait décidé de renoncer à cette femme nommée Yuya. Il était résolu à ne plus jamais la revoir. Or voici que cette même Yuya était installée dans une pièce de sa propre demeure.

– J'y vais ! dit Ranmaru d'un ton ferme, bien décidé à ne rien entendre, si ce n'était l'affaire qui l'avait amenée céans.

Quand il entra dans la chambre, Yuya était assise dans la véranda et regardait le jardin sur lequel commençait à s'étendre l'ombre du soir. Elle lui montrait son dos gracile et ne s'était pas retournée à son entrée.

– Dame Yuya ! dit Ranmaru.

Son regard était attiré par les frêles épaules qu'il avait un jour tenues dans ses bras.

La Yuya qui se tournait vers lui paraissait une autre personne. Son visage fatigué était empreint de mélancolie.

– Je suis venue pour vous adresser une prière ! dit-elle, et elle inclina la tête profondément, puis : Je voulais vous demander d'intercéder auprès de Monseigneur en faveur de messire Korétô, dit-elle encore.

– Et c'est à moi, Ranmaru, que vous venez demander cela ?

– C'est moi seule qui en ai eu l'idée, et comme je ne connais personne d'autre… Je pense que vous le savez déjà, mais messire Korétô a pris jusqu'ici soin de moi. De cela, je lui suis redevable. Je voudrais donc lui rendre service dans la mesure de mes moyens, de façon à pouvoir me séparer de lui.

– Vous séparer, qu'est-ce à dire ?

– Rien d'autre que ce que je dis. J'ai envie d'être seule, désespérément envie d'être seule.

– Cela, c'est une nouvelle étonnante !

– Vous vous moquez de moi ? Naturellement, je n'ai nullement l'intention de me raccrocher à vous. C'est tout simplement qu'il m'est devenu insupportable de continuer comme par le passé avec messire Korétô.

– Et comment cela vous est-il venu ?

– C'est vous qui me le demandez ?

Il y avait comme de la rancune dans sa voix.

– Quoi qu'il en soit, ce que je suis venue vous demander aujourd'hui, c'est d'intercéder auprès de Monseigneur.

– Je refuse !

La réponse de Ranmaru avait claqué comme une gifle.

– S'il s'agissait de quelqu'un d'autre, je ne dis pas, mais s'agissant de messire Korétô Mitsuhidé, je refuse formellement. Du reste, je n'ai pas la moindre influence, mais en eussé-je, que je refuserais tout autant.

– Et quand bien même je vous en supplierais ?

– Absolument !

– C'est parce que vous m'en voulez ?

– Vous en vouloir, à vous ? Sottise ! dit Ranmaru. Je ne vous en veux le moins du monde. La preuve, c'est que si vous vous libérez de messire Mitsuhidé, je suis toujours prêt à vous accueillir en Mino.

Il l'avait dit comme il le ressentait.

– Ça alors !

Une vive émotion était apparue sur le visage de Yuya.

– Vous pensez donc toujours à cela ? J'en suis presque effrayée !

– Je ne voudrais pas avoir l'air de me répéter, mais intercéder en faveur de messire Mitsuhidé est hors de question en ce qui me concerne. Tout ce que je vous demande, c'est que, pour moi, vous quittiez cette maison-là sans ajouter un mot. Si toutefois vous en êtes capable…

Yuya, silencieuse, semblait perdue dans ses pensées.

– Quand vous comprendrez un peu mieux ce que peuvent être les sentiments d'une femme…

– Cette sorte de choses ne m'intéresse pas !

– Vous êtes impitoyable !

– Être impitoyable est sans doute dans ma nature ! Dame Yuya, je vous propose que nous nous revoyions le premier de la sixième lune, soit dans une quinzaine exactement. Réfléchissez donc jusqu'à la fin de ce mois, et si c'est moi, Ranmaru, que vous aurez choisi, le premier du mois prochain, revenez me voir céans. Avec la ferme résolution de ne jamais remettre les pieds à Sakamoto…

Yuya observa Ranmaru sans mot dire, puis, au bout d'un moment :

– Pour aujourd'hui, permettez que je me retire !

Ce disant, elle s'était levée.

Ranmaru ne se retourna pas ; les poings serrés sur les genoux, il regardait fixement les bosquets du jardin, sur lesquels tombaient les ombres du soir.

Nobunaga désigna inopinément, pour assurer la garde du château et de l'enceinte d'Azuchi, une vingtaine d'officiers, Tsuda Genjûrô, Katô Hyôgo-no-kami, Nonomura Mataémon, entre autres, cependant que lui-même montait à la capitale avec une suite de trente pages ; c'était le vingt-neuf de la cinquième lune. Le but de ce déplacement était la préparation de la prochaine expédition dans les provinces du Centre. Comme toutes les unités étaient occupées à se préparer pour le départ, il avait décidé de ne prendre avec lui que les gens de son entourage immédiat.

Quand Ranmaru sut qu'il lui fallait partir sur l'heure, il s'inquiéta du rendez-vous qu'il avait donné à Yuya pour le premier de la sixième lune. Il était persuadé qu'elle ne viendrait pas, mais il ne s'en inquiétait pas moins. De toute façon, il n'avait plus le loisir d'informer Yuya de ce contretemps. Il en conclut que le destin leur était décidément contraire.

Arrivé à la Ville le vingt-neuf, Nobunaga établit ses quartiers au Honnôji.

Le premier de la sixième lune, Ranmaru était allé porter un message à Nobutada, au Myôkakuji. Il était revenu au Honnôji à la tombée de la nuit. C'était un soir d'été dans toute sa splendeur, des lambeaux de nuages flamboyants s'étendaient dans le ciel au couchant.

Un des hommes d'armes qui étaient en train de barrer les vantaux du portail remit une lettre à Ranmaru. Au recto était écrit son nom : « Monsieur Mori Ranmaru ». Au verso, il n'y avait rien.

« Le vingt-six, j'ai fait mes adieux à messire Korétô qui partait pour Kaméyama, et quand j'ai su que vous étiez vous-même monté à la capitale, j'y suis venue, moi aussi. Je suppose que vos multiples occupations ne vous permettent pas de me rencontrer, mais je tenais au moins à vous faire savoir que, conformément à vos ordres, je suis venue à la date que vous m'aviez fixée. »

C'était tout ce qui était dit dans la lettre.

Vers le milieu de cette nuit, Ranmaru fut réveillé par une arquebusade. Bômaru, qui dormait dans la pièce voisine, entrouvrit la cloison et regarda au-dehors.

– Une querelle de soudards, il me semble ! dit-il.

– Rien de grave, sans doute. Dormons ! dit Ranmaru, mais cependant qu'ils échangeaient ces paroles, les détonations se faisaient de plus en plus violentes. Une inquiétude subite étreignit le cœur de Ranmaru.

– Ran !

Nobunaga l'appelait ; quand il poussa la cloison de la chambre où dormait ce dernier, il le trouva assis sur sa couche.

– Une révolte ? Qui a bien pu ?

Ranmaru repoussa le volet de bois qui donnait sur la cour. Le feu déjà consumait la ramure des bosquets, les cris de guerre enveloppaient les bâtiments.

Ce devait être une armée d'au moins dix mille hommes, pas seulement un ou deux milliers. Pour être en mesure à cette heure de mettre en branle une troupe de cette importance au voisinage de la Ville, il n'y avait que Kanétô Mitsuhidé, lequel se disposait à partir en campagne dans les provinces du Centre.

– À mon avis, ce sont les gens d'Akéchi ! répondit Ranmaru.

– Nous sommes perdus !

Nobunaga se leva posément. La silhouette vêtue

d'une mince robe d'été toute blanche se refléta avec une douloureuse acuité dans les yeux de Ranmaru. À ce moment-là déjà, la troupe d'Akéchi avait fait irruption dans l'enceinte par plusieurs endroits et l'on commençait à entendre les craquements sinistres des bâtiments qui brûlaient.

Ranmaru dirigea vers les écuries la moitié, une vingtaine environ, des pages qui couraient de droite et de gauche, et avec l'autre moitié, il s'efforçait de couvrir Nobunaga. L'instant d'après, une bande d'une dizaine de soldats ennemis faisait irruption. Nobunaga se tenait un peu à l'écart, une hallebarde à la main, le visage impassible, comme s'il regardait en face un destin qui subitement changeait de visage.

Ranmaru voulut courir vers lui, mais au même moment plusieurs ennemis les avaient séparés.

– Ran !

Ranmaru crut entendre la voix de Nobunaga qui l'appelait. Il était certain d'avoir entendu.

– Ranmaru ! Présent à l'appel pour son premier combat !

Les mots, il ne les avait pas prononcés, mais ils traduisaient ce qu'il ressentait. Ranmaru abattit un homme qui voulait s'approcher de Nobunaga. D'un autre, il faucha les jambes.

– Monseigneur !

Ranmaru, tout en cherchant des yeux la robe blanche, ferraillait avec plusieurs hommes. Pour Nobunaga, bien volontiers il ferait le sacrifice de sa vie.

– Akéchi ! Korétô !

Ranmaru, comme si chacun de ses adversaires avait

été Mitsuhidé en personne, se battait avec une haine féroce contre tous ces gens qui tentaient d'atteindre Nobunaga.

Sans savoir comment, il se retrouva dans la cour. Ses frères cadets, Bômaru et Rikimaru, se tenaient dos à dos contre lui. Un long moment, les trois frères, tout en se déplaçant de-ci, de-là, se tinrent ainsi adossés.

– Ne vous écartez pas ! criait Ranmaru de temps à autre.

Sans qu'il s'en fût rendu compte, il s'était soudain retrouvé tout seul.

Son bras droit était engourdi. Une flèche était plantée dans sa cuisse.

– Monseigneur !

Ranmaru regarda autour de lui, mais tout autour, tout était rempli d'ennemis.

Cette fois, il sentit un choc violent sur son épaule. Alors, pour la première fois, le beau visage de Yuya vint flotter devant ses yeux.

– Yuya !

Avec le sentiment qu'il allait rejoindre cette Yuya, Ranmaru fit encore deux ou trois pas. Puis il sentit un nouveau choc, contre son flanc. Ranmaru tomba en avant. Des cris de guerre, pareils au hurlement d'une mer déchaînée… Mais déjà, dans la conscience de Ranmaru, ce bruit se faisait de plus en plus lointain.

TABLE DES RÉCITS

DU MÊME AUTEUR

Les Chemins du désert
Stock, 1982
et « Bibliothèque cosmopolite », 1998

Histoire de ma mère
Stock, 1984, 2007
et « Bibliothèque cosmopolite », 1997, 2004

La Tuile de Tenpyô
POF, 1985

Une voix dans la nuit
POF, 1985
Le Serpent à plumes, « Motifs », 2009

Le Faussaire
Stock, 1987
« Bibliothèque cosmopolite », 1989, 2004
et « Le Livre de poche », n° 3184

Combat de taureaux
Stock, 1988
et « Bibliothèque cosmopolite », 1997

Le Loup bleu
Le roman de Gengis Khan
Philippe Picquier, 1990
L'école des loisirs, 1991
et « Picquier poche », n° 1

Shirobamba
Denoël, 1991
et « Folio », n° 2511

La Favorite
Le roman de Yang Kouei Fei
Philippe Picquier, 1991
et « Picquier poche », n° 15

Lou-Lan
Philippe Picquier, 1992
et « Picquier poche », n° 29

Vents et Vagues
Le roman de Kubilai-Khan
Philippe Picquier, 1993
et « Picquier poche », n° 46

Confucius
Stock, 1993
« Bibliothèque cosmopolite », 1997 et 2001
et « Le Livre de poche », n° 3337

Histoire d'Asunaro
Philippe Picquier, 1994
repris sous le titre
Asunaro
« Picquier poche », n° 96

La Mort, l'amour, les vagues
et autres récits
Philippe Picquier, 1994
et « Picquier poche », n° 107

Kôsaku
Denoël, 1995
et « Folio », n° 5268

Le Maître de thé
Stock, 1995
« Bibliothèque cosmopolite », 1998, 2003
et « Le Livre de poche », n° 3324

Yodo
Philippe Picquier, 1995
repris sous le titre
Le Château de Yodo
« Picquier poche », n° 78

La Chasse dans les collines
Stock, 1996
et « Bibliothèque cosmopolite », 1999

Nuages garance
Philippe Picquier, 1997
et « Picquier poche », n° 165

La Paroi de glace

Stock, 1998

et « Bibliothèque cosmopolite », 2001

Le Fusil de chasse

Stock, 2000, 2007

et « Le Livre de poche », n° 3171

Les Dimanches de monsieur Ushioda

Stock, 2000

Pluie d'orage

Stock, 2001

Au bord du lac

Stock, 2002

Rêves de Russie

Phébus, 2005

Le Sabre des Takeda

Philippe Picquier, 2006

RÉALISATION : IGS-CP À L'ISLE-D'ESPAGNAC
NORMANDIE ROTO IMPRESSION S.A.S À LONRAI
DÉPÔT LÉGAL : FÉVRIER 2012. Nº 107244 (120161)
IMPRIMÉ EN FRANCE